별도 新무협 판타지 소설

낭왕

狼王

FANTASTIC ORIENTAL HEROES

낭왕 4

별도 新무협 판타지 소설

초판 1쇄 찍은 날 § 2009년 1월 28일
초판 1쇄 펴낸 날 § 2009년 2월 4일

지은이 § 별도
펴낸이 § 서경석

편집장 § 문혜영
편집책임 § 정서진
편집 § 문정흠

펴낸곳 § 도서출판 청어람
등록번호 § 제1081-1-89호
등록일자 § 1999. 5. 31
어람번호 § 제2-1670호

주소 § 경기도 부천시 원미구 심곡2동 163-2 서경B/D 3F (우) 420-822
전화 § 032-656-4452 팩스 § 032-656-4453
http://www.chungeoram.com
E-mail § eoram99@chol.com

ⓒ 별도, 2008

ISBN 978-89-251-1669-3 04810
ISBN 978-89-251-1570-2 (세트)

4

동충서돌(東衝西突)

낭왕 狼王

별도 新무협 판타지 소설

FANTASTIC ORIENTAL HEROES

도서출판 청어람

目次

第三十三章
이제 또 일을 해야지요

狼王

난이 평정된 후, 두 해 지나서 검각에서 잔치가 벌어졌다.
검각의 각주 등패군 장각이 혼례를 올린 것이다.

혼자 남은 딸아이를 위해서라도, 그리고 검각의 안살림을
위해서라도 검각은 안주인을 맞아들여야 했고, 장각은 검각
의 후방을 책임지고 있던 호란(胡蘭)을 선택했다. 여일위보다
두 살이나 적은 여자였다.

물론 호란이 검각의 안주인이 되기에 자질이 부족하다거
나, 품위가 떨어진다거나, 등패군 장각과 나이 차가 많이 난
다―세상에 능력도 좋지, 띠 동갑이라니―든가 하는 그런 소리
가 아니다.

그런 면에서는 호란은 자격이 충분했다. 겉으로 보기에는 말이다.

오죽하면 능히 검후—검각의 안주인이 될 자격이 있다 하여 얻은 별호가 능검후(能劍后)일까.

여일위마저 옳지 않다고 생각한 것은 그것이 아니다.

정말 장각이 자신의 하나밖에 안 남은 딸아이를 위한다면 좀 더 시간을 두고 기다렸어야 했다. 최소한 장홍란의 실어증만이라도 고치고 나서 생각을 했어야 했다. 아비로부터 버림받고 어미는 물론 일가친척을 모두 잃은 여일위는 그렇게 생각했다.

하지만 그것은 여일위의 생각일 뿐이고, 어쨌거나 장각은 호란을 배우자로 맞이했고, 검각의 안주인으로 그녀를 지목했다.

이때 시보가 반대를 했다고 하지만, 장각은 '이것은 내 가정사라네' 라는 단 한마디로 시보의 반대를 일축했다고 한다.

여하튼 그때 여일위도 장각의 혼례를 축하하기 위해 검각으로 갔다.

그리고 여일위는 보았다.

능검후 호란을 바라보는 아버지 여상추의 눈빛을 말이다. 여일위는 그 눈빛을 기억한다. 외숙모를 바라볼 때도 그랬다. 이번에는 새로운 검각의 안주인을 바라보는데도 그런 눈빛을 지었다.

그 눈빛의 의미를 여일위는 잘 안다.

능력도 없으면서 호색한이 밝히기는.

여일위는 혀를 차며 고개를 돌렸다. 순간 여일위는 못 볼 것을 보고야 말았다. 아버지의 그런 지저분한 눈빛을 도도한 표정으로 정면으로 맞받아치는 호란의 눈빛을 말이다.

이건?

요조숙녀의 눈빛도, 양반 댁 규수의 눈빛도, 정숙한 아내의 눈빛도 아니었다.

음탕한 호색녀가 남자를 도발해서 자신의 품 안으로 끌어들이는, 달콤한 향으로 벌과 나비, 파리를 끌어들여서 잡아먹는 끈끈이주걱 같은 그런 여자의 눈빛이었다.

잘못되었다.

잘못되어도 한참 잘못되었다.

가만 두고 볼 수 없었다.

장각 같은 대인이 이런 여자를 아내로 맞이해서 그의 명성을 무너뜨리는 일이 있어서는 안 된다.

가만있어서는 안 된다는 생각에 여일위는 용비교 시보를 찾아갔다.

검각의 총사를 맡고 있던 시보는 결혼식에도 참석 안 하고 혼자 술을 마시고 있었다.

시보는 잔뜩 취한 표정으로 실눈을 뜨고 말했다.

"이게 누구신가? 병가보의 주인 소패성 여일위 대협이 아니신가? 낄낄낄… 겸손하기도 하지, 별호에 소(小) 자는 왜 붙였누! 떼어내도 충분할 텐데."

시보는 이미 맑은 정신이 아니었지만, 여일위는 이야기를 해야만 했다.

세상에 보기 드문 대인과 그의 가정이 저런 호색녀 하나 때문에 무너지는 꼴을 볼 수는 없었다.

"등패군의 결혼이 옳다고 보시오?"

여일위는 단도직입적으로 물었다.

"왜? 그 계집이 벌써 젊은 우리 도련님을 꼬이든가?"

시보는 게슴츠레한 표정으로 되물었다.

시보는 이미 이리될 줄 알고 있었단 말인가? 그 한마디에 여일위는 바로 시보의 그릇을 알아보았다.

"오늘은 내 필히 만취하고자 하니 내일 아침에 다시 찾아오시게. 맑은 정신으로 우리 이야기함세."

시보는 여일위를 내쳤고, 여일위는 물러났다.

하지만 여일위는 다음날 시보를 찾아가지 않았다.

시보는 이미 알고 있었다. 알고 있는데 굳이 가서 그것을 들쑤실 필요는 없었다.

하지만 시보는 아무것도 하지 않았다. 능검후는 검각의 안주인으로서 제 역할을 해냈고—겉으로 보기에는 충분히 그러했다—새장가를 간 장각은 안팎으로 일에 더욱 충실할 수 있었다.

그렇게 일 년이 흘렀다.

성도에서 다시 사고가 벌어졌다.

정무련의 건설 과정을 감독하러 와 있던 등패군 장각이 운기행공 중에 사고를 당한 것이다.

특별한 신공을 연성 중이었던지 기혈이 역류했고, 주화입마에 빠진 등패군은 결국 다시는 눈을 뜨지 못했다.

하필이면 정무련의 출범을 불과 한 달 앞두고 그런 일이 벌어졌다.

정무련은 등패군이 전력을 다해서 만들고 있던 사패의 연합으로, 초대 련주로 등패군이 되는 것은 이미 자명한 이치였거늘, 이제는 정무련의 건설 자체가 무위로 돌아갈 수 있는 처지가 되어버렸다.

사고란다.

운기행공 중에 주화입마에 빠지는 일은 누구에게나 일어날 수 있다. 특히 내가 고수에게는 더욱 조심해야 할 일이다.

하지만 여일위는 그것이 사고라는 생각이 안 들었다.

왜냐하면 그때 성도에는 완당군 여상추가 가 있었기 때문이다.

머리는 둔하지만 질투와 시기는 그 누구 못지않게 강하면서 집요하기는 둘째가라면 서러워할 사람이 바로 여상추였다.

여상추의 입장에서는 장각이 그 대상이었을 것이다.

마치 장한이 살아 있었다면 여일위가 그랬을 것처럼 말이다.

장각은 좋은 가문에서 태어나 부족함없이 자랐다. 단란한 가정을 꾸렸다. 아내는 정숙했고, 아이들도 실력과 미모로 이름을 떨쳤다.

게다가 장각은 이제 사패의 힘을 모아 정무련을 만들 것이고, 그렇게 되면 병가보의 완당군 여상추는 영원히 등패군의 발밑에 서야 한다.

여상추로서는 결코 두고 보고만 있을 수 없는 일이다. 능력도 없으면서 남 잘되는 꼴은 죽어도 못 보는 사람이 바로 여상추니까 말이다. 모르기는 해도 여상추는 무슨 수작을 부렸을 것이 틀림없었다.

장례식을 위해 성도로 달려갔던 여일위는 그 자리에서 시보를 만났다.

"병가보의 소보주께서는 다음날 보자는 내 말을 못 들으셨소?"

일 년 만에 만나는 자리건만, 그리고 검각의 각주 장례식이었건만 시보는 다른 말은 않고 그 말만 했다.

순간 여일위는 자신의 잘못을 깨달았다.

늦었다.

시보는 그를 기다리고 있었건만, 여일위는 그를 만나지 않았다. 다시 한 번 잘못된 것을 되돌릴 수 있는 기회를 날렸을 뿐만 아니라 일은 더 틀어졌고, 여상추는 한 발 더 멀어진 셈이다.

장례식이 끝나고 여일위는 시보를 찾았다.

"너무 늦은 게 아닌지 모르겠습니다."

"때로는 늦었다고 생각하는 때가 가장 적당한 때일 수도 있는 법이지요."

여일위는 그 말이 이해가 안 갔다.

시보는 분명히 능검후 호란에 대해 알고 있었으리라.

그럼에도 불구하고 막지를 못하다니!

우선 그것부터 이해가 안 갔다.

"천문을 잃고 지리에 통달한 제갈공명도 유현덕에게 천하를 안겨다 주지 못하였소. 뿐인가, 산을 뽑을 기운이 있고 세상을 뒤엎을 기개가 있는 항우요, 그만 보고 팔십 년 수련을 내팽개치고 내려온 범증 역시 고향 산천으로 돌아가던 길에서 죽었소. 아시오, 소보주? 세상은 뜻만 있다 하여 취할 수 있는 것이 아니라오."

시보는 한숨을 내쉬며 말했다.

"진인사재천명(盡人事在天命)이라… 사람으로서 할 수 있는 일을 다한 후에 하늘의 명을 기다림이니, 아무리 발버둥친다 해도 하늘의 명이 없으면 일은 이루어질 수 없는 법. 소형제가 이제 찾아온 것 또한 하늘의 뜻인가 보오."

그 말을 듣는 순간, 여일위는 망치로 한 대 얻어맞은 것 같았다.

일 년 전의 시보에게는 오늘 같은 일을 막을 만한 계책이 있었으리라. 하지만 그것을 깨닫지 못한 여일위가 발길을 돌림으로써 모든 것이 수포로 돌아갔고, 이런 일까지 벌어졌다.

"뜻이 있소?"

두서없이 던지는 시보의 질문에 여일위는 힘있게 고개를 끄덕였다.

"길을 알려주시면 가겠습니다."

시보는 여일위에게 서찰을 내밀었다.

오래된 서찰이다.

여일위의 외할아버지가 죽기 전 그에게 남긴 서찰이었다.

외할머니가 여일위 모자를 병가보로 불러들였을 때, 외할아버지는 시보를 찾아와 방법을 물었단다. 외조부는 처음부터 사위의 인물됨을 알아보셨다. 그래서 반대했던 것이고.

이대로 놔두었다가는 그가 대를 거쳐 이루어낸 병가보가 통째로 불한당 여상추에게 넘어가게 생겼다. 그래서 친분이 있는 검각의 각주를 통해 시보에게 지혜를 청했다.

시보는 그때 허허실실(虛虛實實)의 계를 꺼내놓았다. 여상추의 인간됨을 바탕으로 짠 계획이다.

욕심 많은 여상추에게는 병가보를 줄 수밖에 없다.

그렇지 않으면 무슨 짓을 저지를지 모르는 놈이 바로 여상 추다. 어미도 죽이고, 제 새끼도 죽일 것이다. 그리고 어디서 싸질러 놓은 제 놈의 다른 새끼를 데려다 물려주겠지. 그럼 병가보는 피 한 방울 안 섞인 놈들의 수중에 떨어지게 된다. 그런 놈에게는 적당히 먹고 떨어지라고 살점 달린 개 다리나 하나 던져 주면 그만이다.

그것도 욕심에 맞는 적당한 것으로 줘야지, 너무 작은 것을 주면 오히려 골을 낸다. 잔칫상을 뒤엎을 것이다. 그렇게 놔 두어서는 안 된다.

그리고 놈이 지금 탐을 내는 것은? 병가보다!

외할아버지는 병가보를 여상추에게 주되, 껍질만 남기고 알맹이는 여일위에게 바로 넘어가게 조치를 취했다. 그래서 여일위가 장성하면 여상추를 몰아낼 수 있도록 말이다.

외할아버지는 그것을 이루기 위해 안팎으로 방책을 마련 했다.

첫 번째가 바로 병가보 안의 백호당이다. 이것이 안의 방책 이다. 백호당만 쥐고 있으면 병가보의 보주에 오른 여상추가 제 마음대로 병가보를 쥐고 흔드는 것을 막을 수 있다. 백호 당이 움직이지 않으면 병가보는 움직이지 않는 셈이니까 말 이다.

그것이 안의 방책이라면 당연히 밖의 방책이 있었을 것이 다.

그 두 번째 방책, 밖의 계획이 바로 병가회(兵家會)였다. 병가보 밖의 병가보. 병가보 출신의 외곽 세력을 규합하여 만든 점조직이자 정보망이 그것이었다.

그제야 여일위는 외할아버지의 외유가 잦은 이유를 알아차렸다. 어느 순간부터 나이 든 병가보의 가신들이 하나둘씩 떨어져 나가며 독립하고 있었다. 외할아버지는 그들을 떼어 놓고 감추면서 사천 일대를 돌아다니며 병가회를 만든 것이다.

백호당은 패의 절반이다.

그리고 병가회가 나머지 패의 절반이다.

세상을 움직이는 힘은 사람과 돈, 그리고 정보다.

사람은 백호당, 돈은 병가보, 그리고 정보는 병가회에서 얻는다.

여일위는 이제 갖출 것은 다 갖춘 셈이다.

여상추를 보주 자리에서 내몰 수 있는 빌미만 만들면 된다.

하지만 여상추는 여간해서는 그럴 틈을 안 만들었다.

머리가 둔한 만큼 몸을 사렸고, 몸을 사리는 만큼 실수를 하지 않았다. 아예 움직이지를 않으니 쉽게 일이 될 수가 없었다.

"여 소보주의 어머니가 돌아가셨을 때, 그때 바로 나를 찾아왔다면 벌써 여 소보주의 뜻은 이루어졌을 것이오. 그리고 세상도 이 지경이 되지 않았을 것이고."

여일위는 속으로 땅을 쳤다.

혼자 지레짐작으로 포기를 한 것이 이런 결과를 가져왔다.
여일위는 조심스럽게 지금이라도 계획을 실행할 수 없느냐고
물었다.

"하지만 이미 시기를 놓쳤소. 세상이 바뀌었고, 할 일이 많
아졌소. 그 사람은 더 이상 그때 그 사람이 아니오. 허물은 더
이상 허물이 아니고, 과(過:실수)는 더 이상 과가 아니라오."

여일위는 시보가 말하는 것이 무엇인지를 알았다.

정말 그때였다면, 어머니가 죽은 직후였다면 여상추를 처
리할 수 있는 방법이 있었을 것이다. 움직이지 않으면 움직이
게 하면 된다. 함정을 파고 미끼를 흔들어야 한다. 여상추도
사람이다. 사람인 이상 실수는 하게 되어 있는 법이다. 숨겨
놓은 자식으로 동파가 있었고, 자식이 있으면 낳은 어미도 있
는 법이다. 그리고 아직 여일위가 모르는, 여기저기 저질러
놓은 실수가 있을 것이다.

하지만 그사이 세월이 흘렀고, 백련교도의 난이 있었다. 동
파는 강호에 등단해서 명성을 얻었고, 여상추도 병가보의 보
주가 되어 사패와 사군의 한자리를 꿰차고 앉았다. 작은 실수
는 눈감아줄 수 있는 위치가 되어버린 것이다.

여일위는 이제 어떻게 하면 좋겠냐고 물었다.

"그때는 여 소보주의 일이었지만 이제는 내 일이라오. 이
제는 나도 지켜야 할 것이 있는지라……."

여일위는 시보가 지키려 하는 것이 무엇인지 알았다.

장홍란이다.

검각 각주 가문의 핏줄!

그래서 어떻게 할 것이냐고 물었다.

"내게는 적이 둘 있소. 또한 할 일 역시 두 가지가 되었소. 그 둘을 하나로 묶는 것이 그 첫째요, 그 적을 방심케 하는 것이 둘째요. 문제는 내 역량이 그것밖에 못 된다는 것이오. 뒷일이 남게 되는데, 소형제께서는 그 뒷일을 해결할 수 있겠소?"

여일위는 시보가 생각하는 계획이 무엇인지 알 수 있었다. 시보가 그의 외할아버지에게 안겨주었던 것과 같은 계획이다. 사람이 바뀌었고, 장소가 바뀌었고, 때가 바뀌었을 뿐이다.

승냥이 같은 여상추에게는 정무련을 안겨줘서 꿈을 이루게 한다. 살쾡이 같은 검후에게도 검각을 넘겨줘서 원하는 것을 갖게 한다.

그리고 진짜는 뒤로 빼놓는다.

일이 이렇게 될 줄 알고 있는 시보라면 그에 대한 대책을 만들어놓았을 것이다.

여일위는 이제 자신의 방책을 물었다.

"때를 기다리시오. 그 사람 같은 자는 반드시 실수를 할 터이니. 문왕(文王)은 볼모로 잡혀 있는 이십 년 동안 세 아들이 죽임을 당해도 숨을 죽이고 참았소. 협객이 원한을 갚는 데 그 시기는 문제가 되지 않는 법이라오."

여일위는 그 자리에서 무릎을 꿇고 절을 올렸다.

오늘의 여일위가 있을 수 있도록 한 사람이 셋이 있다면 하나는 어머니요, 다른 하나는 외할아버지이고, 마지막 세 번째 사람이 바로 시보일 것이다.

그리고 그때부터 여일위는 준비를 시작했다.

여상추 앞에서는 철두철미하게 고개를 숙였고, 동파에게는 가장 믿고 의지해야 할 사형이 되어주었다. 안으로는 병가보의 세력을 규합하고, 밖으로는 병가회를 운영하며 세상의 흐름을 읽었다.

그리고 드디어 때가 되었다.

놈이 일을 저지른 것이다.

이제 곪은 상처가 터지기만을 기다리면 된다.

*   *   *

'일 년이라는 세월… 기다리기에 결코 길지 않은 시간이로군.'

여일위의 아래턱에 힘이 들어갔다.

용비교 시보는 여일위의 회상을 방해하지 않기 위해서 조용히 잔을 내려놓았다.

"가시렵니까?"

자리에서 시보가 일어나자 여일위가 따라 일어났다.

"이제 또 일을 해야지요."

두 사람은 서로를 바라보며 만족스런 미소를 지었다.

한 사람은 련에서, 다른 한 사람은 보에서, 둘은 마치 하나의 수레에 달려 있는 두 개의 바퀴처럼 같이 돌아가고 있었다.

第三十四章

어쨌거나 안내해

狼王
왕

앞에서 말을 끌던 이단은 걸음을 멈추고 뒤를 돌아보았다. 원치 않던 꼬리가 달렸다. 말 위에 앉아 있는 설아는 그것을 아는지 모르는지, 아니면 도통 그런 것에는 관심이 없는지 알 수가 없었고, 이단도 설아처럼 신경을 끄고 싶지만 이단은 그렇게 안 되었다.

수양 탓인가?

한숨이 절로 나온다.

게다가 상대는 신법 하나는 발군이다. 말을 달려도 어떻게든 쫓아온다. 이제는 더 이상 피하는 것보다는 그와 대면하는 것이 나을 것 같았다. 굳이 달아나는 것도 아닌데 피할 이유가 없었다.

'귀찮으면……'

순간 자신의 머릿속에 떠오르는 잔인한 생각에 이단은 머리를 흔들었다. 자신이 조금씩 사마의 길로 빠져드는 것 같았다. 원치 않았는데 자꾸만 그 길로 접어든다.

"이봐."

이단은 사람들을 향해 소리쳤다.

"귀찮거든!"

이단의 뜬금없는 한마디에 사람들이 멍한 표정으로 이단을 쳐다보았다.

"안 쫓아올 수 없나? 아니면 나오든가."

아직 누군지는 알 수 없었다.

하지만 저 많은 사람들 속에 묻혀 있다는 것만은 안다.

계속해서 무언가 뒤통수에 달라붙은 듯한 끈끈한 느낌. 거머리라고 하기에는 가볍고, 거미줄이라고 하기에는 무겁다. 계속된 관심, 끊임없는 추적, 여기에 은폐와 엄폐까지.

"나올래, 아니면 내가 네 허리를 접어줄까? 다시는 펴지 못하도록 말이야."

이단은 숨을 골랐다.

화가 난다고 머릿속에서 상상하던 바로 그 욕구를 있는 그대로 내뱉다니……. 심마에 더 빠져들기 전에 아미산으로 가야겠다.

"씁!"

협박이 통했는지 움직이는 사람은 아무도 없었다.

"또 따라오면… 캬악, 퉤!"

이단은 길바닥에 소리를 내며 침을 뱉었다.

"갈아버린다!"

그 한마디를 남기고 이단은 얼어버린 군중을 뒤로한 채 인파 속으로 사라졌다.

설아는 이단의 말과 자신은 아무 상관이 없는 것처럼 어깨 위에 앉아 있던 독수리를 하늘로 날렸다. 잠시 후 설아는 이단이 보이는 것처럼 그를 향해 얼굴을 돌렸다.

"이단, 정말로 갈아버릴 건가요? 아직 뒤에 따라오고 있는데……."

이단은 멍하니 설아를 바라보았다.

"이단, 따라오면 갈아버린다고 했잖아요."

벌써 몇 번째인지 모르겠다. 이런 식의 대화가 말이다. 얼마 전만 해도 이렇지는 않았는데……. 어디서부터 잘못되고 있는지 모르겠다.

전에는 묻기 전에는 말이 없던 설아, 그보다 훨씬 전에는 물어도 제대로 대답도 없었던 설아가 조금씩 말이 많아지고 있었다.

좋은 현상인가?

그만큼 설아와 가까워지고 있는 것인지도 모르겠다.

하지만 그것이 좋은 현상인지 아닌지는 모른다. 관심도 없다. 어서 빨리 '그녀'가 와서 설아를 데리고 갔으면 좋겠다.

설아는 마치 어린아이처럼 말을 말 그대로 받아들이고 있었다. 지금처럼 협박의 말을 말이다. 그러고 보니, '남녀가 같이 자는 것'이라든가 하는 예민할 수 있는 문제에서도 설아는 그랬다. 그 점을 지적하려 했는데 어쩌다가 놓치고 있다.

이단의 입에서 한숨이 묻어 나왔다. 산적한 문제가 너무도 많은데 정작 자기 문제 때문에 어떤 것 하나 제대로 신경 쓰지 못하고 있었다.

"설아, 사람의 말을 꼭 단어의 뜻 그대로 받아들여야 하는 것은 아니야."

설아는 여전히 무표정한 표정에 일정한 어조로 물었다.

"그럼 거짓말인가요?"

이단은 어이가 없어서 한숨을 내쉬었다.

"이런 경우는 거짓말이라고 하지 않고 과장이라고 하는 거야. 뜻을 강조하기 위하여 과장된 표현을 쓰는 거지. 이 경우는 정말로 그 사람을 갈아버린다는 것이 아니라, 뭐라고 말을 해야 하나. 더 이상 쫓아오면 혼쭐을 내주겠다는 뜻인데, 그것을 크게 포장해서 죽인다고 한 거야."

"그럼 실제로 죽일 생각도 아닌데 죽이겠다고 한 거군요."

"그렇지!"

이제야 좀 말이 통하는 것 같았다.

"왜지요?"

"왜냐면……."

이단은 말문이 막혔다.

왜 과장을 할까?

자기도 모른다.

하지만 다들 그렇게 과장스런 표현을 쓰곤 한다.

사실 이번에 갈아버리겠다거나 허리를 접어버리겠다는 말은 과했지만, 자신은 그만큼 화가 나 있었다.

가만, 지금 내가 뭐 하는 거지?

왜 이런 것을 내가 애를 앞에 앉혀놓고 가르치는 것처럼 일일이 설명을 해줘야 하는 거야? 내가 지금 설아를 키우고 있는 거야? 가르치는 중이냐고?

도대체 '이 여자'는 어디 갔어?

왜 빨리 와서 데려가지 않는 거야!

화가 치밀어 올랐다.

아무나 누구를 한 대 패주고 싶다.

누가 좋을까?

끈끈한 느낌. 놈은 아직도 쫓아오고 있었다. 좋아, 저놈이다.

"설아."

설아는 항상 이단의 마음을 읽었다. 그래서 이단이 설아를 부르면 이단이 질문을 하기도 전에 대답해 주었다.

그런데,

"왜요? 죽이지 않는 대신 허리 접으려고요?"

이단은 뒤를 돌아보았다.

이단이 그녀를 부른 이유를 알면서도 설아는 대답은 안 하고 딴소리를 하고 있었다.

그러니까 더 화가 났다.

그래? 그래, 알았어! 설아가 못 찾으면 내가 찾으면 되는 거 아냐.

이단은 사람들을 훑어보았다.

찾았다.

이단은 신형을 솟구쳤다.

그리고 무리 지어 있는 양 떼에 뛰어드는 늑대처럼 군중 속으로 파고들었다.

놀란 사람들이 당황하고, 흩어지는 와중에 정확히 목표물을 집어냈다.

낯익은 동작, 눈에 익은 차림새. 이놈이다. 옷은 바꿔 입고 머리 모양은 바꿀 수 있지만, 몸에 밴 습관까지는 못 바꾼다. 이단은 표적을 한눈에 알아볼 수 있었다. 모여 있는 군중을 훑는 순간, 수많은 사람들이 허깨비처럼 흩어지고 그놈만 눈에 들어왔다.

어느새 이단의 수중에는 여섯 자짜리 낚싯대가 들려 있었고, 낚싯대에서 뻗어 나온 낚싯줄이 한 사람의 목에 걸려 있었다. 그자는 등을 돌리고 달아나는 중이었다.

"함부로 달아나지 않는 것이 좋을걸. 내 낚싯줄에는 날이 서 있어서 말이야."

이단은 낚싯줄을 거두기 시작했다.

금방 사내의 목에 붉은 혈선이 그어졌다.

사내는 아무 소리 못하고 속절없이 딸려왔다.

순간 이단은 긴장했다.

사내는 아무 소리 못하는 것이 아니라 아예 소리를 못하고 있었기 때문이다.

"해석!"

해석이다. 개방 보령현 지구당의 당호법!

그가 평복을 하고 이단의 뒤를 밟고 있었다.

개방에서 그에게 꼬리를 달다니!

이단은 입맛이 썼다.

"진판지 그 어른이 시키셨나?"

해석은 고개를 끄덕였다.

화가 났다.

"왜?"

해석은 열심히 손동작으로 설명을 한다.

하지만 그것이 무엇인지 이단은 알아차릴 수가 없었다.

"해석, 설아에게 이야기해. 설아."

설아가 탄 말이 이쪽으로 다가왔다.

설아는 눈도 안 뜨고 있는데, 어떻게 해석의 동작을 볼 수 있단 말인가? 두 눈 멀쩡한 사람도 그의 동작을 읽을 줄 모르는데…….

이단의 말이 무슨 뜻인지 몰라 잠시 머뭇거리던 해석은 설아를 향해 다시 동작을 하기 시작했다.

"당주께서는 이단의 신변을 걱정하고 계십니다. 사천당가가 가만있을지 그것도 의문이고, 며칠 사이에 이단의 머리색이 바뀐 것으로 보아 반드시 좋은 일만 있었던 것 같지 않은데, 여기에 또 무슨 일이라도 있으면 어떻게 하나 염려하고 있다고 하는군요."

설아의 말에 해석의 얼굴이 해쓱하게 변했다.

"놀랄 필요 없어. 설아는 너의 생각을 읽었으니까."

해석의 얼굴이 더욱 창백하게 변했다.

사람의 마음을 읽다니!

그럼 모든 생각을 다 읽을 수 있단 말인가?

"모든 사람들의 생각을 훔칠 수 있는 것은 아닙니다. 나는 아니지만 누군가 그런 능력이 있는 사람도 있겠지요. 통째로 남의 생각을 읽을 수 있는 사람이오. 하지만 저는 오로지 저에게 하고자 하는 말이 있을 때, 그 말을 읽을 수 있을 뿐입니다. 그러니까 나는 '내게 하려는 말'을 '말로 하기 전'에 읽을 뿐입니다. 그것이 입으로든 마음속으로든 말이지요. 내게는 같은 것입니다."

설아는 여전히 기계적인 어투로 답을 했다.

해석이 이단을 돌아보았다.

설아의 말이 사실인가 묻는 것이다.

"나도 몰라. 하지만 믿는 수밖에."

이단은 퉁명스럽게 답했다.

"어쩔 거야?"

해석은 또 행동으로 자기 의사를 표현했다.

"아직 돌아오라는 명령이 없으니 당분간은 이단을 쫓아가
야 한다는군요."

해석이 크게 고개를 끄덕였다.

맞다는 뜻이다.

"맘대로 해."

이단은 퉁명스럽게 소리쳤다.

괜히 화가 났다.

한 대 패주고 싶었는데, 이렇게 말하는 것을 들으니까 또
팰 수도 없다. 다 자기를 걱정해서 하는 말 아닌가!

함께하고 싶었던 주왕 차가람은 떨어져 나가고 계속해서
엉뚱한 혹이 달라붙는다.

왜 이렇게 꼬이는지 모르겠다. 부아가 치민다.

화가 난 이단은 팔을 쭉 뻗었다. 어느새 수중에 잡힌 낚싯
대가 펼쳐졌다. 이번에는 열다섯 자를 넘어서 열여섯 자 정도

되었다.

낚싯대가 가리키는 정면의 나무가 부르르 몸을 떤다. 괜히 엉뚱한 데 화풀이를 했다.

이단이 내공을 뿌린 것이다. 낚싯대 길이는 그 정도인데, 낚싯대에는 낚싯줄이 달려 있다. 줄은 일직선으로 뻗어서 이단이 노린 나무를 관통하고 있었다.

이단은 다시 말에 올랐다. 쫓아올 테면 쫓아와 보라는 식으로 말을 내달렸다.

해석이 어찌 해야 할지 몰라 머뭇거린다.

아무렇지도 않은 표정으로 설아가 말 머리를 돌렸다.

해석이 황급히 설아의 말을 붙잡았다.

"어떻게 했으면 좋겠냐고요?"

해석은 당황한 표정으로 고개를 끄덕였다.

이번에는 어떤 행동을 취한 것도 아닌데, 설아는 정확히 그의 생각을 읽고 있었다.

"이단은 마음대로 하라고 했습니다. 마음대로 하라고 했으니까 마음 가는 대로 하면 되는 것 아닌가요?"

해석은 멍하니 설아를 바라보았다.

도대체 저 말을 믿어도 되는 걸까? 마음대로 하라는 말이 정말 마음 가는 대로 하라는 허락이란 말인가?

하지만 설아는 아무렇지도 않은 표정으로 말을 몰기 시작했다. 딱 사람이 걷는 속도로 말이다. 이단이 저만치 달려가서 보이지도 않는다는 것은 신경도 안 쓰이나 보다.

해석은 결정했다.

이단은 마음대로 하라고 했고—그게 그 뜻이 아니라는 것을 알고 있지만—이단과 부부 사이라고 주장을 하는 설아를 통해서 그것을 다시 한 번 확인했으니 정말로 마음대로 할 생각이다.

쫓아가야겠다.

이미 들켰지만 그게 무슨 상관이야!

해석은 설아의 뒤를 쫓았다. 마치 설아는 해석에게 따라오라고 신호를 보내는 것처럼 느긋하게 말을 몰고 있었다.

*   *   *

한 무리의 사람들이 정무련의 대문으로 들어왔다.

여간해서는 열리지 않는 대문이 그들을 위해 개방되었다.

선두에선 개선장군처럼 동파가 앞장을 섰고, 나교와 청룡당의 무사들이 풀이 죽은 모습으로 그 뒤를 쫓았다.

"어찌 하면 좋을까, 시보?"

기분 좋은 표정으로 묻는 완당군의 질문에 용비교 시보는 망설이지 않고 대답했다.

"우선 동파에게 일의 책임을 물어야 할 것입니다."

순간 완당군의 얼굴이 일그러졌다.

"동파에게? 동파가 잘못한 것은 없지 않은가?"

완당군은 좀 전까지 즐거웠던 기분이 싹 달아난 듯했다.

"왜 없습니까? 일을 처음부터 비틀어 버린 사람이 동파 아닙니까? 그가 사천당가의 당파추 어른의 심기를 건드리지만 않았어도 청룡당의 사건은 일어나지 않았을 것이고, 낭왕의 행방불명과 주왕의 소문에 관련된 일도 일어나지 않았을 것입니다."

"하지만 광마는 분명히 죽었는데……."

"광마의 죽음과 동파는 무관하다고 봐야 합니다. 동파에게는 광마의 행적을 찾으라 했는데 그것을 제대로 하지도 못했을 뿐만 아니라, 병가보의 재정적인 지원을 받는 흑표단을 소멸시키기까지 했습니다. 흑표단이 아무리 병가보의 소속이 아니라 할지라도 세상 사람들은 모두 흑표단을 병가보의 하부 조직으로 인식하고 있는 이상 동파가 병가보의 명성, 그리고 정무련의 명예를 더럽힌 것은 사실입니다. 만약 동파가 그것을 생각하고 있었다면, 그리고 광마의 행적을 발견했다면, 우선 정무련에 그것을 통보했어야 합니다. 그래서 광마 퇴치의 명예를 정무련에 안겨주어야 했습니다. 하지만 동파는 그렇게 하지 않았습니다. 오히려 사천당가로 달려갔습니다. 이는 명백한 해련(害聯) 행위요, 직무 유기입니다."

"하지만 그래도… 어쨌거나 남들과 달리 동파 혼자나마 일을 제대로 한 셈인데!"

시보는 단호한 어조로 말하는 것이 결코 물러날 뜻이 없었
다.

"하지만 그 공은 작고 과는 큽니다. 이번 일로 동파의 작은
공을 포상하시면 새롭게 얻은 청룡당의 사기가 떨어질 것입
니다. 고로, 일을 한 것을 치하하시려거든 따로 불러서 치하
하시거나 공을 치하하되, 동시에 과는 벌하는 것이 옳습니다.
먼저 먼 길을 다녀온 청룡당을 생각하시고, 다음으로 갈왕 동
파를 고려하시기 바랍니다."

완당군은 굳은 표정으로 고개만 끄덕였다.

말로는 시보의 주장을 반박할 말은 없었지만, 내심으로는
그것을 따르고 싶지 않아서다. 그렇다고 방법이 있는 것도 아
니기에 완당군은 그렇게 해야겠다고 마음먹었다.

그나저나 동파에게는 무엇으로 치하할 것인가?

낭왕도 따돌리고 주왕까지 쫓아냈으니 이보다 더한 공이
어디 있을까!

그것만으로도 갈왕 동파는 완당군을 흡족하게 만들어주었
다.

정무련의 대문을 통과한 청룡당은 곧장 정무전의 앞으로
가서 도열했고, 결과 보고를 위해 동파와 나교가 안으로 들어
갔다.

잠시 후, 동파와 나교의 표정이 바뀌어서 나왔다.

"련주께서는 제군들의 노고를 치하하시고 크게 포상을 내릴 것을 약속하셨다. 우선 정무련 밖에 청룡당의 본부를 건설했으니 그곳에 군장을 풀 수 있을 것이다. 자유롭게 이삼 일 휴식을 취한 후 전원 합심하여 청룡당의 건설에 본격적으로 참여하도록 한다."

나교의 말에 청룡당은 환호성을 질렀다.

한 것도 없는데 포상이 나온다니 즐겁지 않을 수 없었다.

그에 반하여 동파는 썩은 생선을 씹은 모양으로 정무전을 나서고 있었다.

소리를 지르는 사람들과 불쾌한 표정으로 정무전을 나서는 동파를 보면서 완당군의 얼굴도 일그러졌다.

백여 명의 숙소와 사무실, 체류비를 마련하는 것은 작은 일이 아니다. 그 많은 돈을 준비해야 한다고 생각하니 속이 쓰릴 수밖에 없었다.

그것보다는 한껏 기대에 부풀어 있던 동파를 혼을 내고 내쫓으니 무엇보다 그것이 기분이 상했다.

완당군은 동파에게 무엇을 선물하면 좋을까 생각해 보았다.

흑표단 같은 단체를 또 하나 만들어서 주인 자리에 앉혀줄까? 시보도 그건 힘들 거라 했다. 이미 수하들한테 한 번 버림

받은 놈인데 누가 그를 믿고 찾아올까? 가능성없는 이야기다. 그럼 은전을 내려줄까? 이것도 아니다. 동파는 경제 감각도 둔할 뿐 아니라 돈을 값어치있게 쓸 줄도 모른다. 다른 것이 좋을 듯하다.

그래, 무공이 좋겠다. 가뜩이나 낭왕에게 밀린다고 기가 죽어 있는데 그 기라도 살려야겠다.

완당군은 결론을 내렸다. 마침 머릿속에 적당한 무공이 떠올랐다.

'속성으로 익힐 수 있으면 그게 최고지!'

최근에 그가 익히고 있는 바로 그것이었다.

*   *   *

"아핫핫! 잘들 계셨나? 아, 그래. 웬일은 웬일이겠나, 누나가 나를 찾으셨으니 왔지. 정말이냐고? 아, 정말이지 않고!"

밖에서 들리는 낯익은 목소리에 취왕 장홍란은 인상을 찡그렸다. 그는 등장하는 순간부터 벌써 청문궁에 활기를 불어넣고 있었다.

장홍란이 그 녀석을 싫어하는 이유가 바로 이것이다. 사람을 즐겁게 하는 것. 장홍란에게는 없는 재주다.

"여어어, 유모~! 잘 계셨습니까?"

"어서 오세요, 장 공자."

유모 모용정도 그 녀석에게는 살갑게 대하는 것이 정말 마음에 안 든다. 모용정이 어디 장홍란의 유모이지 제 놈의 유모란 말인가!

"이거 아세요, 유모? 내가 정말 우리 누나한테 부러워하는 것이 딱 하나 있는데, 그게 바로 유모가 내 유모가 아니라는 거지요."

아니 다행이다! 장홍란은 문밖을 쳐다보지도 않으면서 그렇게 생각했다.

"여하튼 작은도련님도 여전하십니다아. 들어가시지요. 기다리고 계십니다."

문이 열리고 유모 모용정의 뒤를 따라 젊은 미소년이 들어섰다.

이름, 장홍학(張紅鶴).

현재 나이 십팔 세.

검각의 취문(鷲門) 문주이기도 한 검사.

또한 장홍란과는 배다른 동생이기도 하다.

사 년 전, 백련교도의 난이 모두 정리된 후, 등패군은 시보의 도움을 받아가며 먼저 검각의 대대적인 정비 작업에 착수했다.

그때 가장 먼저 착수한 것이 후진 양성과 실무진, 그리고 영재 교육 체제였다.

뇌문와 용문 쌍두마차 체제에서 뇌문이 소각주 장한과 함

께 전원 사망하고 용문만 남게 되자 새로운 체제를 만들어야
했다.

여기에서 문제가 생겼다.

검각이 미래를 위하여 장홍란이 한 조를 맡아줘야 하는데,
장홍란이 실어증뿐만 아니라 극도의 남성 혐오증에 걸렸기
때문이다.

그래서 장홍란은 여자들만으로 구성된 봉문을 만들 수 있
었다. 하지만 그것으로는 부족했다. 힘의 균형이 급격하게 용
문으로 쏠리는 것을 막을 수가 없다.

게다가 용문은 남녀 모두가 가능한데, 봉문은 오로지 여검
사만으로 구성되니 용문이 봉문보다 같은 급이라도 서열이
앞서게 되는 것을 막을 수가 없다.

그럼 등패군에게 사고라도 난다면, 검각은 장씨 집안의 것
이 아니라 용문 문주의 것이 될 가능성이 높다.

다른 대비책을 만들어야 한다.

시보는 이에 더하여 감추어놓은 비수가 필요함을 역설했
다.

그리고 시보는 열네 살짜리 소년을 등패군 앞에 데리고 왔
다.

등패군은 소년을 바로 알아보았다. 소년이 제 어미를 쏙 빼
닮았기 때문이다.

등패군은 소년에게 나이를 묻고는 아무 말 없이 소년을 끌

어안았다.

아버지 등패군은 소년에게 딱 한 마디만 했다.

"고생이 많았구나."

그래서 핏줄은 서로 당긴다고 하는가 보다. 장홍란도 소년을 보고 바로 알아차릴 수 있었다. 자신과 배다른 동생이라는 것을 말이다.

하지만 소년을 그들 앞에 데리고 온 사람이 시보임에도 불구하고 소년을 검각으로 들이는 것을 반대했다.

대신에 장홍란을 위한 안전장치로 활용할 것을 제안했다.

만약 검각에 무슨 일이 있으면 언제라도 즉각 달려올 수 있는 사람들을 말이다.

그 영수에는 소년 장홍학을 앉히고, 검각의 위급 상황에 그들은 출동한다. 장홍학의 존재는 소수 몇 사람을 제외하면 모른다. 상대는 그들에 대해 아무것도 알지 못하고 있다가 대응하여야 할 것이다.

마지막을 위한 한 수!

그것이 바로 취문이었다.

그렇게 취문의 존재는 장홍란과 등패군, 그리고 시보만 알고 있었다.

등패군이 죽고, 시보는 장홍란의 입이 되어주는 모용정에게 이 사실을 알려주었고, 검후마저 죽었을 때 모용정은 이들을 불렀다.

장홍란이 검후의 사망 소식을 듣고도 검각을 내팽개쳐 두고 정무련 청문궁으로 달려갈 수 있었던 것도 다 장홍학과 취문이 있었기 때문이다.

　검각의 후계자 장홍란이 성도에 와 있어도 검각은 빈집이 아니다. 또 다른 후계자 장홍학이 취문을 이끌고 검각을 지키고 있었을 테니까 말이다.

　생각대로 장홍학은 연락을 받은 즉시 달려왔고, 기둥을 잃고 흔들릴 뻔한 검각을 단숨에 장악했다. 등패군 장각의 아들이라는 것과 이런 때를 대비해서 만들어놓았던 숨은 세력이라는 사실만으로 그들은 손쉽게 검각의 새 식구로 받아들여졌다.

　그리고 그 장홍학이 이곳으로 왔다.

　장홍란을 도우러!

　취왕 장홍란은 동생 홍학이 마음에 안 들었다.

　항상 밝은 얼굴, 사람들을 즐겁게 해주는 그런 행동이 마음에 안 들었다.

　무슨 그런 즐거운 일이 있다고.

　하지만 장홍란은 그녀의 동생 장홍학이 필요했다.

　장홍란도 그 점은 인정을 한다.

　그의 활기찬 모습은 조직에 활력을 불어넣어 주었고, 그의 임기응변은 조직의 운영에 탄력을 실어주었다.

경직되고 융통성없고 항상 긴장되어 있는 느낌의 장홍란 만으로는 안정적이고 활동적인 조직의 운영이 불가능했다. 그런 그녀의 부족한 부분을 충분히 메워줄 수 있는 사람이 바로 장홍학이었다.

　장홍란이 홍학을 바라보며 손가락 다섯 개를 펼쳤다.

　"옙! 절반 오십 명! 봉문 문주의 명령만 기다리고 있습지요."

　장홍학이 충성스런 내시라도 되는 것처럼 허리를 굽실거리며 양손을 비빈다.

　그 모습이 우스꽝스럽다.

　모용정은 자기도 모르게 소리 내어 웃다가 장홍란의 눈초리에 바로 입을 다물었다.

　"누이, 그거 아시오? 누이는 항상 사람을 긴장하게 하오. 하지만 그렇게 긴장만 하고 있으면 사람은 쉬이 피곤해지는 법이라니까."

　장홍학이 허리를 펴면서 말했다.

　"흥!"

　장홍란이 콧방귀를 뀌었다.

　안다. 장홍란이 그것을 모를 리가 없다. 하지만 안 되는 것을 어쩌란 말인가!

　"아씨께서 취문의 무사들을 모두 청문궁으로 들이랍니다. 용문이 달아났으니 빈자리가 충분하다고……."

"아, 그래, 용문이 달아났다며? 나교 그 새끼, 그럴 줄 알았어. 검각을 내팽개치고 검후 그 갈보 아줌마를 쫓아서 이쪽으로 올 때부터 그럴 작정이었던 거지."

순간 모용정이 당황했다.

장홍학은 거침없이 말을 토했다. 머릿속에서 한 번 거르는 법이 없다.

장홍란은 인상을 구겼지만 굳이 장홍학을 말리지 않았다. 대신에 다른 것을 물어보았다.

"누구와 함께 오셨냐고 물으시는데……."

"아! 나와 누나가 가장 믿을 만한 사람으로 장로 중에 한 분 모시고 왔지. 곽가(郭駕) 어른. 누나도 기억하지? 별호가 어떻게 직진일방(直進一方)이야! 정말 잘 지었지 않아?"

곽가의 이름과 별호가 나오는 순간 장홍란의 눈이 커지고 얼굴은 굳어졌다. 어느 날 갑자기 사라졌던 곽가가 장홍학과 함께 있었던 것이다.

직진일방(直進一方). 오로지 직진밖에 없다. 그것이 등패군 장각의 오른팔 곽가(郭駕)의 별호다. 등패군의 명령이라면 무조건 달려간다 해서 붙은 곽가의 별호가 바로 그것이었다.

어느 순간부터 곽가는 검각에서 사라졌다.

누구도 곽가가 어디로 갔는지 몰랐다.

갑자기 사라진 것도 아니고, 하루 중에 안 보이는 시간이 많아지더니 다음으로는 한 달 중에 안 보이는 날이 많아졌다. 그리고는 스르르 자취를 감추었다.

곽가의 방과 집무실은 그대로 있는데 사람만 사라졌다. 어느 누구도 곽가가 언제부터 사라졌는지 정확히 알지 못했다. 그냥 그렇게 있는 듯 없는 듯 소리 소문 없이 곽가는 사라졌다.

그렇게 사라진 곽가가 장홍학을 도와 취문을 만들고 있었다.

이십여 명의 봉문이 세상 사람들의 이목을 끄는 사이, 백 명의 검수들로 이루어진 취문은 백전노장 곽가의 노련함과 젊은 패기의 장홍학의 노력으로 사 년 만에 검각의 정예가 되기에 충분한 조직체로 발전했다.

문득 장홍란은 화가 났다.

아버지는 장홍란에게는 아무도 안 붙여주셨다.

장로들은 검각을 지키느라 정신이 없었고, 어느 누구도 장홍란이 봉문을 만들고, 젊은 여검수들을 끌어 모으고, 그들로 하여금 검각을 지키게 하는 데 일절 관심도 보이지 않았다.

그런데 홍학에게는 곽가라니……. 등패군의 오른팔을 떼어서 홍학에게 붙여주다니…….

장홍란은 그녀의 아버지에게 일종의 배신감을 느꼈다.

"드시라고 할까?"

장홍학은 누나 홍란의 기분을 모르는지 천연덕스럽게 물

었다.

장홍란은 얼굴을 돌린 채로 심호흡을 했다.

흥분하면 안 된다.

표정을 고친 후 장홍란은 몸을 돌렸다. 그리고 고개를 끄덕였다.

문이 열리고 반백의 중년인이 실내로 들어섰다. 오십 줄을 넘어서 환갑으로 향하고 있는 주름진 얼굴이다. 나이는 그렇지만 기백은 여전히 장사였다. 당당한 어깨에 꼿꼿한 허리까지 어느 구석에서도 그의 나이를 느낄 수 없었다.

"오오, 소공녀. 이제야 소공녀를 찾아 인사하는 이 불충한 가신을 용서해 주시옵소서."

안으로 들어서기가 무섭게 곽가는 바닥에 무릎을 꿇고 절을 올렸다.

자기도 모르게 장홍란은 눈물이 솟았다.

이것도 모두 아버지의 안배다.

그녀를 위한, 장씨 일가를 위한 아버지의 감추어놓은 한 수였다.

장홍란은 자기도 모르게 바닥에 엎드린 곽가를 끌어안았다.

극도의 남자 혐오증을 앓고 있는 장홍란이 마음을 열고 만질 수 있는 세 번째 남자가 생겼다.

아버지 등패군, 낭왕 이단, 그다음으로 이제 직진일방 곽가, 세 사람으로 늘어났다.

*　　　*　　　*

"아저씨, 아저씨……."

말을 타고 지나가는 이단에게 젊은 처자가 한 명 붙었다.

"제발 도와주세요. 저희 아씨께서……."

어느 양반집 시녀임직한 처자는 이단의 말고삐를 잡고 늘어졌다.

이단은 싸늘한 시선으로 처자를 내려다보았다. 제법 반반한 계집이다.

순간 처자가 잡았던 말고삐를 놓았다.

이내 자신의 실수를 깨닫고는 다시 이단의 말고삐를 잡았다. 말이라는 동물은 말고삐를 잡으면 가지를 못한다. 기수가 말고삐를 풀고 당기고 하면서 명령을 내리는데 그것이 잡혔으니 도통 기수의 뜻을 알아들을 수 없어 갈 수가 없는 것이다.

"이쪽입니다. 우리 아씨, 이쪽으로 끌려 가셨어요. 가마꾼들은 다 도망가고 고작 장정 두 사람이 가마만 반짝 들고 가는데, 그것을 막을 수가 없었습니다. 제가 무슨 힘이 있다고 그것을 막겠습니까! 겨우 저 하나만 도망칠 수 있었어요. 장정 둘입니다. 고작 두 사람이에요. 제발 좀 아씨 좀 살려주세요."

처자는 두 명이라는 사실을 특히 강조했다.

처자는 이단의 말을 끌고 오솔길로 접어들었다.

이단은 뒤를 돌아보았다.

사람들이 안 보였다.

하기야 그렇게 성을 내고 말을 달렸으니 설아와 해석을 따돌려도 한참을 따돌렸을 것이다.

고개를 들어 하늘을 보았다.

까마득히 새 한 마리가 날고 있다.

독수리인가?

목아일 것이다. 설아가 키우는 목아.

목아가 보고 있으니 설아도 그를 보고 있을 것이다.

이단이 어디를 가든 설아는 반드시 찾아낼 것이다. 목아가 있는 이상 설아는 걱정할 필요 없다.

잠깐이다. 잠깐 길을 벗어날 뿐이고, 곧 돌아오면 된다.

이단은 해를 보았다. 시간을 가늠한 것이다.

이단은 터벅터벅 말을 몰고 올 설아가 도착할 시간을 계산해 보았다. 적어도 한 식경 이상에서 대략 반 시진 정도?

그 정도면 충분하다고 본다.

이단은 처자가 그의 말을 끌고 가는 것을 방해하지 않았다.

처자는 무엇이 그리도 급한지 이단이 탄 말을 서둘러 끌고 갔고.

말이 숲 속으로 들어오자 기다렸다는 듯이 장정들이 나타났다. 이단의 예상대로다. 삽시간에 한 무리의 깡패들이 그를 에워싸고 말했다.

"여어, 아저씨. 꽤나 반반한데!"

"우와, 저 옷 좀 봐! 윤기가 자르르 흐르는 것이 비단인가?"

"어떻게 염색한 거야? 까만 게 번쩍번쩍하네?"

"깔깔깔! 내가 저 옷 보고 반했잖아! 다른 것은 몰라도 저 옷만은 내 것 할래."

이단의 말고삐를 잡고 끌고 온 처자는 자기 눈썰미를 자랑이라도 하는 것처럼 키득거렸다. 벌써 이단의 장삼이 자기 것이라도 된 것 같았다.

"어이, 아저씨. 이제 그만 말에서 내려오시지."

"그러게, 아저씨. 그렇게 때때옷 입고 어디를 그렇게 가실까~?"

사내들만 있는 게 아니라 계집까지 섞여 있다. 이단을 끌고 온 처자 말고 딴 계집이다.

"분명히 어디에 조개가 떨어져 있을 거야. 그러니까 저렇게 씩씩거리면서 달려가지."

"아저씨 물건은 딴딴할까?"

"젊잖아. 그러니까 뼈 같을 거야."

"아냐. 샌님 냄새 나는 놈들은 뼈가 아니라 가시 같아!"

"뼈든 가시든 두령님 앞에서 제대로 대가리를 세우냐 못

세우냐 그게 문제지."

저희들끼리 킬킬거리는 품이 무언가 좋은 일이 있을 거라
고 기대를 하고 있는 중이다.

"우와! 말도 좋아 보여! 관우의 적토마 아냐? 아니면 유비
의 적노마냐!"

옷뿐만 아니라 이단이 타고 있는 말까지 탐하고 있다.

힐끔.

"이 아저씨, 무게 잡는 품 좀 보게."

"야야, 아저씨가 뭐냐! 두령보다 한참 어려 보이는데……."

"이봐, 형씨."

두령이라는 소리가 나오자 기다렸다는 듯이 가장 후미에
서 한 덩치 하는 계집이 몸을 일으켰다.

체구가…….

이단은 한참 동안 계집을 바라보았다.

물독보다 더 크다. 대저 물독이란 것이 장정 두 사람이 양
팔을 벌려서 겨우 안을까 말까 하는 크기의 항아리인데, 이
계집은 그보다 더 크다.

뒤룩뒤룩한 배에 팔뚝이 어지간한 남정네의 다리통보다
굵다. 가슴이 튀어나오고 얼굴에 수염이 없으니까 여자라는
것을 알았지, 그렇지 않았다면 누가 봐도 남자인 줄 알았을
것이다.

살아서 움직이는 게 신기할 뿐이다.

아, 그렇다고 못생겼다거나 하는 것이 아니다. 체구가 여자라고 상상하기에는 터무니없이 크다는 소리다.

덩치 큰 계집은 나무 몽둥이를 척하니 어깨 위에 걸치고 앞으로 어슬렁어슬렁 걸어나왔다. 손잡이는 손에 쥐기 좋게 가늘지만, 머리 쪽은 굵직하고 넓적했다. 게다가 붉은빛을 띠고 있는 게 보기에도 흉흉한 무기다.

덩치 큰 계집이 움직이니까 좀 전까지 키득거리던 사내와 계집들은 모두 길을 비켰다.

이단—이단과 그가 탄 말—과 계집 사이에 일직선으로 길이 뚫렸다.

이단은 여전히 냉정한 시선으로 그들을 바라보았다. 정확히 말하자면 오시(傲視)했다.

쿵!

덩치 큰 계집이 어깨 위에 짊어지고 있던 나무 몽둥이를 바닥에 소리 내어 내리쩍었다.

"꿇어."

덩치 큰 계집의 한마디에 나머지 놈들이 일제히 무릎을 꿇었다.

그 자리에 서 있는 사람은 말을 타고 있는 이단과 몽둥이를 들고 서 있는 덩치 큰 계집뿐이다.

"모사(謀事)!"

덩치 큰 계집의 한마디에 머리에 문사건을 쓴 것이, 제법

글을 읽을 줄 아는 듯한 놈 하나가 잽싸게 뛰어오더니, 자리를 잡고 앉아서 두루마리를 풀었다. 꾀죄죄한 모습이 결코 좋은 대접을 받고 있는 것은 아니다.

그리고는 글 읽는 시늉을 한다.

"청성산(青城山)의 수령(首領) 도강자돈(都江雌豚)께서 이곳에 자리 잡았음을 선포한 지 어언 일 년여! 이에 만인들은 그녀의 길을 지날 때 성의껏 성은에 보답하는 것이 상례가 되어왔다. 하나 그대, 여기 성도행 관로를 허락없이 통과하려 하니 능히 목을 베어도 충분하다. 하나 수령 도강자돈께서는 이를 모르고 한 죄이니 모두 똑같은 처벌을 내림은 옳지 않다 하시며 한 가지 죄를 사할 길을 열어주시니 이에 감읍할지어다."

모사라고 불린 사내는 두루마리를 둘둘 말았다.

도강자돈(都江雌豚). 도강언(都江堰)의 암퇘지! 덩치 큰 계집을 지칭하는 말이라는 것을 바로 알 수 있었다.

"내려와 옷을 벗어라. 그리고 수령을 만족시켜라. 그럼 평생 수령을 보좌할 수 있는 영광을 얻을 수 있으리라."

모사는 두루마리를 말면서 말했다.

무릎을 꿇고 있는 사내들 사이에서 키득거리는 소리가 들렸다.

덩치 큰 계집 도강자돈은 쿵, 하고 다시 한 번 몽둥이로 바닥을 내려쳤다.

"꿇어."

이번 것은 확실히 이단에게 하는 말이다.

말이 놀라서 푸르르 투레질을 했지만 이단은 꿈쩍도 안 했다.

모사가 도강자돈에게 말했다.

"아무래도 겁을 먹었나 봅니다. 저희들이 가서 놈을 끌어내는 것이……."

도강자돈은 또 한마디만 했다.

"상처 나."

모사가 잽싸게 뒤로 물러났다.

이단이 입을 열었다.

"다시 읽어봐."

"뭐?"

이단의 말에 모사도 도강자돈도, 또 그 자리에 있던 십여 명의 남녀들도 모두 깜짝 놀랐다.

이단이 하는 말이 무슨 뜻인지 몰라서이다.

"다시 읽어보라고."

이단의 말에 모사는 곤혹스러운 표정을 지어 보였다.

도강자돈이 단춧구멍 같은 눈을 더욱 가늘게 뜨고는 고개를 갸웃거렸다.

"읽어."

도강자돈의 말에 모사는 난처한 표정을 지으며 품속에서

다시 두루마리를 꺼냈다.

"그대, 여기 청성산(靑城山)의 영수(領袖) 도강자돈의 허락 없이 도강언 관로를 통과한 죄, 능히 목을 베어도 충분하다."

"틀렸어."

순간 이단이 소리쳤다.

이단의 한마디에 모사는 입을 다물었고…….

"아까는 영수라고 하지 않고 수령이라고 했다. 그리고 도강언 관로가 아니라 성도행 관로였고."

모사가 당황하더니 소리쳤다.

"그게 그 말이야!"

"맞아. 그게 그 말이야. 하지만 써놓은 것을 읽을 때에는 잘못 읽으면 안 되지."

이단의 말을 알아듣는 것처럼 말이 제자리에서 발을 옮겼다.

"너도 사실 얘네들이랑 똑같이 까막눈이지?"

모사는 이단의 말이 거짓이라는 것을 증명이라도 하는 것처럼 계속 읽는 시늉을 했다.

"하나, 수령 도강자돈께서는 이를 모르고 한 죄이니 모두 똑같은 처벌을 내림은 옳지 않다 하시며 여기 죄를 사할 길을 열어주시니 이에 감사할지어다."

"또 틀렸다. 여기 죄가 아니라 한 가지 죄였고, 감사하는 게 아니라 감읍하는 거였다고."

이단의 말에 모사의 얼굴이 완전히 일그러졌다.

도강자돈은 더 이상 이단을 상대하고 있지 않았다. 모사를 돌아보며 그녀가 물었다.

"맞아?"

털썩.

모사가 그 자리에 주저앉았다. 그리고 도강자돈의 다리를 붙잡고 늘어졌다.

"아닙니다. 아니에요. 저놈 말이 거짓입니다. 아시잖아요! 여기에서 제대로 글 읽을 줄 아는 놈은 저 하나밖에 없다는 것을 말입니다."

도강자돈은 알아차렸다. 아니, 바보가 아닌 이상 누가 거짓말을 하고 있는지 알 만한 일이다. 도강자돈이 다시 한 번 몽둥이를 내려쳤다.

"너!"

도강자돈은 몽둥이 끝으로 이단을 가리켰다.

"글 알아?"

"풋!"

이단은 코웃음을 쳤다.

도강자돈은 이단의 코웃음을 긍정으로 받아들였다.

"대가리에 먹물 든 놈은 하나면 돼. 둘이 알아서 해봐. 한 놈만 살려주지."

모사가 잽싸게 달라붙으며 허리를 숙였다.

"제발… 그간의 정을 생각하시어……."

도강자돈은 다시 한 번 나무 몽둥이를 바닥에 내려쳤다.

"알아서 해!"

손잡이 쪽이 가늘고 머리 쪽이 굵은 몽둥이는 도강자돈이 손을 놓아도 쓰러지지 않았다. 마치 밑이 굵고 위가 가느다란 나뭇등걸처럼 똑바로 곧추섰다.

"잡아!"

도강자돈은 뒤로 한 걸음 물러났다.

"해봐."

모사의 얼굴이 일그러졌다. 누가 건드리기라도 하면 바로 울음을 터뜨릴 지경이다.

"뭐 해, 모사! 어서 해봐!"

뒤에서 누가 소리친다. 고함이 터졌다. 응원 소리도 섞여 있었고, 어서 빨리 끝을 내라는 목소리도 울렸다.

하지만 그 소리는 오히려 모사의 기를 죽일 뿐이다. 겨우 몽둥이의 손잡이 부분을 잡았다. 하지만 들지도 못했다. 억지로나마 나무 몽둥이를 잡아끌던 모사는 결국 어쩌지 못하고 바닥에 엎드렸다. 그리고 울음을 터뜨렸다.

"쓰읍!"

도강자돈이 몽둥이를 잡았다. 그리고 휘둘렀다. 퍽! 하고 수박 깨지는 소리가 울렸다.

분노의 몽둥이질 한 번에 모사는 피를 뿌리며 날아갔다. 몇 바퀴를 구르고는 결국 나무에 부딪쳤다. 나무에 피가 터졌다. 그것도 모자라 핏자국을 남기며 스르르 미끄러졌다. 이어서 부르르 경련을 일으키는가 싶더니 축 늘어졌다. 하지만 그 자리에 있는 사람 중에 모사가 살아 있다고 생각하는 사람은 아무도 없었다. 모사의 시신에는 머리가 없었다. 수박 깨지는 소리, 머리가 터지면서 일어난 소리다.

나무 몽둥이의 머리 쪽이 붉은 이유를 이제 알 수 있었다. 도강자돈이 휘두르는 팔매질 한 번에 남아날 머리통이나 몸뚱이가 없을 듯하다.

하지만 도강자돈은 그런 모사에 대해서는 더 이상 관심이 없었다. 그의 눈은 오로지 말 위에 오연한 자세로 앉아 있는 이단에게 쏠려 있었다.

잠시 침묵이 흘렀다. 한 사람이 피를 뿌리고 날아가서 죽었는지 살았는지 모르는데 그 상황에서 숨소리를 낼 만한 사람은 없었다.

"킬킬킬."

갑자기 도강자돈이 웃기 시작했다.

웃음은 마치 전염병이라도 되는 것처럼 그곳에 모인 사람들 사이로 번졌다.

"하하하!"

"호호홋!"

다들 배를 잡고 웃기 시작했다. 떼굴떼굴 구르는 사람마저 있을 지경이다.

"뒈졌어. 머리가 깨졌나? 글 좀 안다고 으스대더니 결국은 저렇게 되는 거야? 아하하핫!"

이단을 끌고 온 반반한 여자는 모사를 손가락으로 가리키며 깔깔댔다. 마치 지금 웃지 않으면 자신도 그와 같은 꼴이 될지도 모른다는 두려움이 전염병처럼 번지고 있었다.

그곳에서 웃지 않고 있는 사람은 이단밖에 없었다.

하지만 이단도 즐거웠다.

뭔지 모르지만 이런 잔인하고 살벌한 분위기가 즐거웠다.

이단은 웃지는 못하고 울고 싶었다. 무서워서가 아니다. 그런 환경을 즐거워하고 있는 자신이 더 무섭게 느껴졌기 때문이다.

"너!"

도강자돈이 대뜸 이단을 가리키며 물었다.

"나?"

그래도 이단은 즐거웠다.

"글 읽을 줄 알지?"

"웅!"

"쓸 줄도 알아?"

"물론!"

여전히 이단은 즐거웠고…….

"좋아, 합격! 이제부턴 네가 모사다."

"싫은데?"

이단은 이 상황을 진심으로 즐기고 있었다.

"맞고 할래, 그냥 할래?"

"모사?"

"아니. 이거!"

도강자돈은 여전히 다리를 벌리고 서서는 자신의 하체를 가리켰다. 말로 안 해도 그녀가 무엇을 원하는지 알 수 있는 일이다.

만삭인 것처럼 불룩 튀어나온 배 때문에라도 그녀는 그렇게 똑바로 서 있는 자세로는 자신의 음부가 보이지도 않을 것만 같았다.

"싫은데."

이단은 곧 일어날 일들을 생각하며 혼자 키득거렸다.

"어쭈?"

"뭐?"

"내려와."

"그것도 싫어!"

"이게……."

도강자돈이 쿵쿵 지축을 울리며 이단을 향해 다가왔다. 보는 사람을 압도하는 그녀의 위협적인 몸놀림에도 이단은 전혀 겁을 먹지 않았다.

오히려 이단이 달아날까 그의 말고삐를 잡고 있는 반반한 계집이 겁에 질려 있었다.

"오늘은 말고기 잔치다!"

도강자돈이 소리치자 놈들이 일제히 환호성을 질러댔다. 여기서 가리키는 말은 이단이 타고 있는 말이라는 것쯤은 삼척동자도 알 만한 일이고.

"너, 내가 거기 가기 전에 내려와. 안 그러면 네가 말을 지고 산채까지 가야 할 줄 알아."

이단은 오랜만에 환하게 웃어 보였다. 진심으로 이 상황이 즐거웠다. 제멋대로 행동하는 사람들, 안하무인이다. 그런 이들과 한자리에 엉켜 있다는 사실이 즐거웠다. 조금 있으면 피가 튀고 살이 터지고 비명이 끊이지 않을 것이다. 곧 벌어질 일들을 생각하니 벌써부터 피가 끓었다.

"그것도 싫어."

쿵쿵쿵, 지축이 울렸다. 도강자돈이 걸어오면서 진동은 더욱 커졌다.

이단은 도강자돈을 향해 팔을 뻗었다. 서두를 필요 없다. 도강자돈도 위협을 하느라고 힘을 주면서 걸어오고 있으니까.

"어라라?"

도강자돈도 이단을 향해 팔을 뻗었다. 위협하는 이단을 흉내 내는 것이다. 이단의 손에는 아무것도 없지만 도강자돈의 손짓은 진짜 위협이다. 이제 한 뼘만 더 다가서면 이단의 발목을 휘어잡고 패대기를 칠 판국이다.

피슛!

도강자돈은 딱 거기에서 멎었다.

"꾸루루루……."

사람들은 무슨 일이 벌어졌는지 이해를 못하고 있었다.

이해하고 있는 사람은 단 하나, 이단의 말고삐를 잡고 있는 반반한 계집뿐이다.

도강자돈의 목에서 울리는 소리에 눈을 치켜뜨고 자세히 보니 도강자돈의 입으로 들어간 창이 뒤통수를 비집고 삐져나와 있었다.

창 맞나?

창! 하지만 날이 없다. 대신에 바늘처럼 날카롭고 뾰족한 쇠침 끝이 삐죽 나와 있을 뿐이다.

그래, 쇠침이라는 표현이 가장 정확할 듯했다.

그것이 도강자돈의 뒤통수로 삐져나와 있었다.

똑.

쇠침을 따라 흐른 핏방울이 바닥에 떨어졌다.

도강자돈이 뭐라고 말을 하려 한다.

"뭐?"

이단이 되물었다.

"꾸루루루……."

"안 들려."

"꾸루루루……."

"아, 이것 때문에 말을 못하는군."

이단은 쇠침, 암천조를 거두었다.

"캬아악! 이 십팔 색희!"

입에서 피를 토하면서 소리를 지르며 도강자돈이 나무 몽둥이를 치켜들었다.

피슛.

다시 창이 내는 소리가 울렸고, 일순간에 일곱 자 길이로 늘어난 암천조의 낚싯대 끝은 창처럼 도강자돈의 손목을 꿰뚫었다. 이번에는 정확히 손목의 심줄을 갈랐고, 다시 암천조가 한 자 길이로 줄어드는 순간, 도강자돈은 치켜들었던 나무 몽둥이를 떨어뜨렸다.

"캬우우! 이 캑키은 뭐갸……."

도강자돈은 다른 손으로 나무 몽둥이를 집었다.

피슛.

다시 창이 내는 소리가 울리고, 도강자돈의 손은 여전히 나무 몽둥이를 잡고 있었지만 이번에는 손목이 잘렸다. 그녀의 입에서 솟구치는 피분수는 멈출 생각을 안 했다.

눈이 시뻘개져서 도강자돈이 앞으로 한 발자국 다가선다.

피슛, 피슛, 피슛.

암천조가 늘었다 줄었다를 반복했다. 마치 창술의 고수가 창을 찔렀다가 회수하는 과정을 반복하는 것 같았다.

그때마다 도강자돈은 양 무릎이 터지고, 그 자리에 무릎을 꿇고 앉는가 싶더니 팔을 치켜들려니까 어깨가 관통되고, 입을 벌리자 이번에는 목이 터졌다.

그동안 이단은 말 위에서 꼼짝하지 않았다. 움직인 것은 그의 손목뿐이다. 하지만 그와 반대로 도강자돈은 온몸이 벌집 모양으로 망신창이가 되어버렸다. 숭숭 뚫린 구멍으로는 피가 솟구쳤고, 그것도 시간이 흐르고 구멍이 많아지면서 점차 잦아들었다.

쿠우우웅!

결국 도강자돈의 신형이 무너졌다. 그때까지 아무도 움직이는 사람 하나 없었다.

이단이 싸늘한 어조로 물었다.

"다음?"

"으아아아아!"

누가 먼저 비명을 질렀는지 모른다. 어느 한 사람이 소리를 지르며 달아나기 시작하자 일제히 내달렸다. 한꺼번에 십여 명의 사람이 모두 내뺐다.

이단은 낚시를 시작했다.

한 자짜리에 불과한 암천조는 일순간에 열여섯 자로 늘어났고, 낚싯줄이 허공에서 빛났다. 마치 하늘에 거미가 바람을 타며 줄을 치는 것 같았다.

파하아아! 파하아앗! 파하아……!

줄이 스칠 때마다 머리가 하나씩 날아갔다.

손을 들어 막으면 손이 잘렸고, 나무 뒤로 숨으면 머리 구르는 소리가 울렸다.

"하하핫, 하하하하, 아하하하……!"

이단의 웃음소리가 숲 전체에 메아리쳤다. 이단은 마음껏 웃어댔다. 속이 시원했다. 이렇게 통쾌한 날이 언제였더라? 기억에 없었다. 아무래도 지금이 처음인 것 같았다.

얼굴로 피가 튀었다.

이단은 그것을 닦을 생각도 안 했다.

여전히 즐거웠다. 이단은 다시 낚시를 날렸고, 또 피가 튀었다.

그리고,

그의 웃음소리가 잦아들 때쯤 낚시도 끝이 났다.

이단은 조사(釣絲:낚싯줄)를 거두고 낚싯대도 접었다.

살아 있는 사람은 딱 한 사람, 아니, 두 사람. 이단과 아직까지 말고삐를 잡고 있는 반반한 계집뿐이다.

이단은 웃으면서 물었다.

"뭐 해?"

"에?"

이단의 질문에 반반한 여자는 얼음이 되었다. 갑자기 치마에 물이 차오른다. 물이 밑에서부터 차오르는 것이 아니라 위에서부터 밑으로 쭈욱 번지기 시작했다.

"쌌어?"

이단의 한마디에 여자는 고개를 푹 숙였다.

여전히 말고삐를 잡고 있는 손은 후들후들 떨리고 있었고.

"안내해."

"에?"

"앞장서라고."

"어, 어디로……?"

"나를 끌고 가려던 곳이 있을 거 아냐?"

반반한 계집은 애써 아닌 척 웃음을 지어 보였다.

"끄, 끌고 가려던 것이 아니라……."

"어쨌거나 안내해."

이단은 말고삐를 잡아챘다. 말을 몰기 위해서가 아니라 여자를 몰기 위해서다.

말고삐를 잡고 있는 여자는 이단의 말뜻을 알아차렸다. 입장이 바뀌었을 뿐 내용은 그대로다. 그녀는 여전히 말고삐를 잡은 채 앞서 걷기 시작했다.

느긋하게 말 위에 앉아서 말이 가는 대로 따라가던 설아의 얼굴이 갑자기 일그러졌다. 마치 못 볼 것이라도 본 것 같은 모양이다.

"해석."

갑자기 자신을 부르는 소리에 해석은 깜짝 놀랐다.

지금껏 설아가 먼저 말을 거는 경우는 없었기 때문이다. 게다가 해석은 말을 못하고……. 덕분에 앞서 간 이단을 쫓아가는 동안 두 사람은 한마디 말도 못 나눴다. 그러던 중에 갑자기 설아가 먼저 해석을 부른 것이다.

"남자는……."

설아는 무슨 말을 하려는지 머뭇거린다.

"있잖아요, 남자는 사랑 없이도 사랑을 나눌 수 있어요?"

도대체 이게 뭔 소리란 말인가? 해석은 눈만 동그랗게 떴다.

"그거 말이에요. 그러니까… 사랑하지도 않는 여자와 남자가 그걸 할 수도 있느냐 이거요."

눈처럼 하얗기만 하던 설아의 얼굴에 살짝 홍조가 어렸다.

이내 다시 설아의 얼굴이 일그러진다.

"안 되겠어요. 가요."

설아가 두 눈 멀쩡한 사람처럼 말을 곤다. 말이 빨라지자 뒤따르는 해석은 잰걸음을 지나서 속보, 구보, 이제는 달리기까지 하게 된다.

"타요."

앞에서 말을 달리던 설아가 급히 말을 멈추더니 해석을 향해 손을 내밀었다.

얼결에 설아의 손을 잡았지만, 설아는 해석을 끌어올리지 못하고 말만 잡아챘다. 말은 앞발을 들고 울부짖고…….

한차례 실랑이를 거친 후에야 해석은 설아의 뒤에 올라탈
수 있었다.

두 사람을 실은 말은 무엇이 그리 급한지 앞으로 내달리기
시작했다.

이단을 계집을 밀어 쓰러뜨렸다.

자리는 이미 마련되어 있었다.

바닥에는 멍석이 깔려 있었고, 가운데에는 짚을 쌓아놓은
데다 사방에 말뚝이 박혀 있었다.

피식.

이단은 자기도 모르게 실웃음이 흘러나왔다.

말뚝의 용도는 뻔하다. 사지를 묶어놓을 생각이다. 입에다
물릴 재갈까지 마련되어 있었고……. 준비는 완벽했다.

이렇게 준비까지 해놓고 지나가는 사람들을 붙잡아서 일
을 벌였을 놈들을 생각하니 웃지 않을 수가 없었다. 놈들은
이 방면에 있어서 전문가라 해야 하나 보다.

이 자리에서 벌어졌을 일들을 생각하니 이단은 즐거웠다.
자기도 한번 해보고 싶었다.

"해봐."

이단의 한마디에 계집은 화들짝 놀랐다. 그리고는 몸을 부
르르 떨었다. 몸만 떨고 있는 것이 아니라 아래턱이 덜덜거리
면서 이들이 서로 몸을 비비는 소리가 울렸다.

계집의 눈에 공포가 가득 찼다. 옛날 기억이 다시 떠올랐기 때문이다.

"그, 그것만은 제발……."

이제는 잊을 만했는데, 다시는 그런 일이 없으리라고 철석같이 믿고 있었는데, 더 이상 자신과는 상관없는 일이라고만 생각하고 있었는데…….

"저거어……."

이단은 턱짓으로 자리를 가리켰다.

"너네들이 평소에 하던 짓 아냐? 그런데 왜 못해?"

"나, 나으리……."

계집은 무릎걸음으로 기어서 다가와서는 이단의 바짓가랑이를 잡고 매달렸다.

"나으리, 그것만은 제발……."

언제 흘리기 시작했는지 계집의 얼굴은 눈물 반, 콧물 반으로 뒤범벅이 되어 있었다. 거기에 어디서 튀었는지도 모르는 핏방울에 먼지까지 가득해서 봐주려야 봐줄 건더기도 없을 만큼 엉망이다.

이단은 즐거웠다.

계집의 사지를 묶어놓고, 옷을 찢고, 가랑이를 벌려서 파고들 생각만으로도 즐거웠다.

이단은 그 즐거운 상상을 행동으로 옮기기로 마음먹었다.

시간도 많고 말리는 사람도 없고, 훼방꾼은 물론이요, 구경

꾼까지 돌아오지 못할 곳으로 보내 버린 터라 못할 이유도 없었다.

이단은 느긋한 동작으로 말에서 내렸다.

계집은 바닥에 엎드린 채로 부들부들 떨고만 있었다.

이단은 계집의 머리채를 잡았다.

그리고 바닥에 말뚝이 박혀 있고, 멍석이 깔려 있고, 짚이 쌓여 있는 곳으로 계집을 끌고 가기 시작했다.

"랄, 랄라, 랄랄라아, 랄, 라랄, 랄아……."

이제는 콧노래까지 흘러나왔다.

계집의 머리채를 부여잡은 그의 손을 계집의 손이 덮었다. 계집은 이단의 손을 뿌리치려고 발버둥을 쳤지만 소용없었다. 계집의 저항은 힘이 없을 뿐만 아니라, 이단의 의지가 너무도 강했다.

계집은 이미 알고 있었다.

강자의 폭력을, 그리고 그것을 피하기에는 자신이 너무나 나약하다는 것을 말이다.

이단은 계집을 내팽개치듯이 쓰러뜨렸다. 그리고는 계집의 배를 양다리 사이에 끼고 앉았다.

계집은 어떻게든 이단에게서 빠져나오려고 발버둥을 쳤지만, 팔다리를 휘저어도 이단을 뿌리칠 수가 없었다.

오히려 휘젓는 동안 팔 하나, 다음에는 저쪽 팔, 또 다음에는 이쪽 다리 하는 식으로 하나씩 붙잡혀서 말뚝에 묶일 따름이다.

계집은 그렇게 사지를 결박당했다. 그렇게 팔다리를 모두 묶이고 나니 움직이려야 움직일 수 있는 곳이 없었다.

이단은 다른 것은 볼 것도 없이 계집의 아랫도리만 벗겼다. 바지에 속바지, 속곳까지 한꺼번에 다 풀어서 무릎까지 끌어 내렸다.

계집은 그 상태로 사지를 벌린 자세에 가장 은밀한 부위를 있는 그대로 다 드러낸 채로 눈물만 흘렸다.

또다.

도강자돈을 만나고 다시는 이런 일이 없을 줄 알았는데 또 당한다. 도대체 무슨 년의 팔자가 이 모양이란 말인가!

그런 계집의 마음은 아는지 모르는지 결속(結束)을 끝낸 이 단은 한 발 물러서서는 흡족한 미소를 지으며 내려다보았다.

"쓰읍!"

무언가 마음에 안 든다.

이단이 생각했던 것은 이것과는 좀 다를 것 같았다.

이단은 그 생각을 행동으로 옮기기로 마음먹었다.

먼저 묶었던 계집의 손목, 발목을 풀었다.

그렇다고 놔준다는 게 아니다.

이번에는 엎어놓았다.

엎드리게 한 후에 양팔을 묶었다.

그리고는 무릎을 꿇은 상태로 만들었다. 덕분에 허연 속살을 내놓은 엉덩이만 치켜든 셈이다.

"옳거니!"

이단은 무릎을 두들겼다.

이거다!

그가 원하던 것이 바로 이것이다.

이단은 양손으로 계집의 허리를 잡았다.

허리로 계집의 엉덩이를 툭 쳐보았다.

앞으로 한 번 밀려갔다가 다시 되돌아온다.

"오호호……."

양팔이 묶여 있고 흘러내린 바지춤이 무릎에 걸려 있으니
계집은 달아나려야 달아날 수가 없었다.

준비는 끝이 났다.

이제 이단이 할 차례다.

이단은 콧노래를 흥얼거리며 바지춤을 풀었다.

그리고 그의 상징을 꺼냈다.

"호호호호."

흐뭇한 미소를 지으며 일을 시작하려 했다.

"이단, 뭐 해?"

등 뒤에서 들리는 소리에 이단은 화들짝 놀랐다.

"우?"

이단은 고개를 돌렸다.

말을 타고 있는, 눈처럼 하얀 백의에 눈보다 하얀 피부를

가진 미녀가 눈에 들어왔다. 파르르 떨고 있는 그녀의 까만 속눈썹이 더욱 창백하게 느껴졌다.

설아다.

설아의 등 뒤에 같이 말을 타고 있던 해석의 얼굴도 굳어졌다. 좀 전에 이단이 하려던 짓이 무엇인지 알기 때문이다.

"아우우우……."

해석은 말은 못하고 입만 벙긋거렸다.

"그것은 범죄 행위야 하고 말하는군요, 이단."

싸늘한 표정으로 설아가 해석의 생각을 말로 옮겼다.

굳어졌던 이단의 입가에 미소가 어렸다.

"그래도 돼."

그리고는 다시 계집의 엉덩이에 손을 얹었다.

훼방꾼이 나타났지만 신경 쓰일 정도는 아니다. 그래서 하던 일을 계속할 생각이다.

"안 돼요, 이단. 싫어해요."

설아가 이단을 말렸다.

"누가 싫어해?"

이단의 언성이 높아졌다.

"혜민(蕙珉)이 싫어해요."

이단은 설아가 갑자기 내뱉는 이름이 누구일까 잠깐 신경이 쓰였지만, 이내 욕망에 사로잡혔다.

"난 모르는 사람이야."

말에서 내린 설아가 이단의 앞을 가로막았다.

"아니요, 이단. 당신도 아는 사람이에요."

"알아? 내가? 아니야. 난 몰라. 나랑 상관없는 사람이야."

이단은 설아를 밀쳤다.

이미 모든 준비가 다 끝나 있는데, 갑자기 등장한 훼방꾼 때문에 대업을 이루지 못하고 있었다.

더 미룰 이유가 없었다.

성문은 열려 있고, 파쇄기는 이미 성문을 뚫고 들어갈 준비가 끝나 있는데 무엇을 왜 못한단 말인가?

이단이 설아를 밀치는 동안에 해석은 묶였던 계집의 손을 풀었다. 그리고 멍석 밖으로 끌어냈다.

눈물 콧물이 범벅이 된 상태로 계집은 밖으로 기어나갔다. 살았다. 이 사람들이 누군지 모르지만 그녀에게 도움을 주고 있다. 계집은 해석에게 매달렸다.

"이런, 쌍!"

이단이 손을 치켜 올렸다.

계집이 달아나고 있다. 다 된 밥에 코를 빠뜨려도 유분수지, 바지랑 속곳까지 다 벗겨놓고도 못한단 말인가!

이단이 손을 휘둘렀다. 언제 잡혔는지도 모르는 암천조가 쭉 늘어나며 창대처럼 휘어지며 날아갔다.

픽!

암천조에 목을 얻어맞은 해석이 바닥을 굴렀다.

"악!"

해석이 구르는 바람에 계집도 같이 굴렀다. 계집의 입에서
비명이 터졌다.

"이단, 나를 봐요."

설아가 이단 앞에 섰다.

설아가 언제 어떻게 다가왔는지 이단은 몰랐다.

그렇게 다가온 설아가 양손으로 이단의 볼을 감싸고 그와
얼굴을 마주했다.

"보기는 뭘!"

소리치던 이단은……

―혜민. 이 소녀의 이름은 혜민이에요.

온 세상이 하얗다!

第三十五章

예, 맞아요

狼王 왕

이단은 멍하니 자신을 내려다보았다.

이단은 정신을 차렸다.

잠깐 자신이 정신을 잃었던 것 같다.

바로 눈앞에 있던 설아는 저만치 떨어져서 말 위에 올라타고 있었고, 저쪽에 쓰러진 해석은 아직 일어나지도 못하고 있었다.

그냥 정신을 잃었던 것인가?

아니다.

이단은 자신이 빛처럼 하얀 세상을 빠져나왔다는 것을 기억해 냈다.

그런데 내가 지금 무슨 짓을 하려던 거지?

무릎을 꿇고 바닥에 납작 엎드린 여자는 기력을 잃은 나머지 반쯤 넋이 나가 있었다. 무릎에 걸린 하의가 지금 무슨 일이 벌어지고 있었는지 말해주고 있었다.

그리고 이단은 자신이 무슨 짓을 하려 했는지 너무도 잘 알고 있었다.

하나도 빠짐없이 생생하게 기억이 난다.

물론 놈들은 사람의 목숨을 파리 목숨 빼앗듯이 손쉽게 여기는 자들을 털고 죽인 놈들, 흔한 말로 천인공노할 자들이다. 하지만 그렇다고 이런 식으로 죽이는 것은 정파인이 되어서 할 짓이 아니다.

열 명에 가까운 놈들의 목을 벴다. 하나도 빠짐없이 모두 다 말이다.

어쩌면 도강자돈이라는 계집의 손에 죽은 모사도 만약 숨이 붙어 있었다면 그자 역시 자기 손으로 죽였을지 모른다.

정작 죽이려 한다면 도강자돈 그 계집만 목을 베고 그것으로 일벌백계로 삼아도 충분했을 것이다. 나머지들은 피라미들이니까 말이다.

아니, 그랬어야 한다.

하지만 이단은 놈들을 모두 목을 벴다. 하나도 빠짐없이.

아, 여기 하나 남아 있다.

그런데 여기 남아 있는 게 더 문제다.

이단은 여기 놈들을 한 놈도 살려두지 않고 모두 목을 벤 것은 물론이요, 개중에서 좀 반반한 계집으로 하나만 살려놓고는 이곳으로 끌고 와서 겁탈을 하려 했다.

물론 이놈들이 이 길목을 지키면서 했던 짓을 추측해 보면 별게 아닐지도 모른다.

하지만 이건 아니다.

백도인이 되어서 겁탈이라니…….

할 짓이 아니다.

정말 심각한 문제는 이단이 범죄를 저질렀다는 것이 아니라 그것을 즐기고 있었다는 사실이다.

잘못되고 있다는 것을 알면서도 이단은 이것을 즐겼다.

이제야 이단은 이성을 회복했고, 뒤늦게 후회하고 있었다.

이제는 이성이 감정을 조절할 능력을 상실하고 있었다.

도대체 나에게 무슨 일이 일어나고 있단 말인가? 그리고 그 하얀 세상은 또 무엇이란 말이고?

하늘을 올려다보았다.

"으아아아아……."

차라리 기억이나 하지를 말지.

이단은 미쳐 가고 있었다.

율갑혼정기를 세상심결로 누를 수 있으리라 생각했는데, 어느새 율갑혼정기가 세상심결을 추월하고 있었다. 율갑혼정기는 자랄수록 세상심결을 짓밟을 것이다. 그리고 이단이 숨을 쉴수록 율갑혼정기는 혼자 성장할 것이고.

　이단은 계집에게 전낭을 집어 던졌다. 그 안에 얼마가 들었는지는 그도 모른다.

　"이것으로 어떻게 네게 위로가 될지 모르지만……."

　이단은 뭐라고 말을 해야 할지 알 수가 없었다.

　반쯤 넋이 나간 계집은 고개도 제대로 가누지 못하고 있었다.

　반대로 이단은 개운했다.

　마치 뜨거운 물로 목욕을 하고 나온 것처럼 온몸의 피로가 싹 풀리고 머릿속도 말끔했다.

　하얀빛, 하얀 세상, 그리고 하얀 목소리……. 마치 하얀 눈과 하얀 수증기 속에서 목욕을 하고 나온 것 같았다.

　한마디로 말하면 기력 충만, 그 자체다.

　이단은 자신이 무엇을 하려고 했는지 알고 있었다.

　또 채음이다.

　이단은 아무 말 않고 몸을 돌렸다. 그의 앞에 눈처럼 하얀 백의를 입고 그보다 더 하얀 피부를 한 미녀가 허깨비처럼 서 있었다.

　설아다.

　끄덕.

　이단은 설아를 향해 가볍게 고개를 끄덕였다.

"아저… 씨……."

반반한 계집이 이단의 등 뒤에 대고 입을 열었다. 들리는 목소리가 개미 소리만 하다.

이단이 몸을 돌렸다.

저쪽까지 날아갔던 해석이 끙끙거리며 몸을 일으켰다.

이내 바닥에 쓰러져 있는 계집과 한쪽에 서 있는 이단을 발견하고는 몸을 날려서 계집의 앞을 가렸다. 자신의 몸을 바쳐서라도 계집을 지키겠다는 것인지, 아니면 이단의 범죄를 막겠다는 몸부림인지…….

"아저… 씨, 강호인이지?"

해석의 등 뒤에서 계집이 물었다.

강호인이 뭘까? 도강자돈도 강호인이다. 도강자돈은 흑도인, 자신은 백도인. 그런데 뭐가 흑도인, 백도인을 나누는 기준이지?

이단은 모든 것이 혼란스러웠다.

이단은 감정이라는 것이 전혀 없는 사람처럼 반반한 계집─그러고 보니 아직 한창이어야 할, 채 스물도 안 되어 보이는 소녀였다─을 내려다보았다.

계집은 있는 기력이라는 기력은 다 짜내서 해석의 겨드랑이 밑으로 얼굴을 내밀었다.

"나도 아저씨를 따라가면 아저씨같이 강해질 수 있어?"

이단은 속에서 무언가 뭉클한 것이 올라왔다. 계집의 감성이 전이된다.

강해야 한다.

강하면 살 수 있다.

그리고 더 강하면 복수할 수도 있다.

복수하고 싶은 놈들이 있다.

이단은 그것을 읽었다. 계집의 간절한 소망을 직접 귀로 듣지도 않고 읽어냈다.

'이것은?'

이단은 혼란스러웠다.

이런 것은 전에는 알 수 없었던 것이다. 상대의 감정을 읽는 것. 타인의 감정을 느낄 수 있다. 하얀 세상을 통과하면서 이단은 모르던 기술을 또 깨우치고 있었다.

"죽이고 싶은 놈이 있나?"

"죽이고 싶은 놈? 키득키득."

계집이 푸들푸들 웃어 보였다.

"응, 있어. 그것도 셋."

"누구냐, 죽이고 싶은 놈이?"

전에 없이 계집의 눈에 생기가 돌았다. 지금까지 잊고 있었던 희망이 갑자기 떠오른 것처럼 삶의 의지가 나타났다.

이단은 물었다.

"죽여줄까?"

"아니!"

계집은 해석의 등 뒤에서 몸을 일으켰다. 그리고 계집은 언제 기력을 회복이라도 한 것처럼 이를 갈았다.

"할 수만 있다면 내 손으로 죽이겠어."

"이름은?"

"놈들 이름?"

"아니. 네 이름."

이단은 자기가 왜 계집의 이름을 묻는지 알 수 없었다.

이단은 자신이 실수를 했다는 것을 깨달았다.

설아가 가르쳐 주었다. 계집의 이름은 혜민이라고.

피식.

계집은 실없이 웃음을 흘렸다.

내 이름이 뭐더라?

여기에서는 미끼라고 불렸었지.

하지만 그전에는 그래도 제대로 된 이름이 있었어.

엄마 아빠랑 오빠들이 부르던······.

그래, 내 이름은 혜민이었어. 혜민.

*   *   *

혜민은 부유하지는 않아도 나름 다복한 가정에서 태어났다.

부모가 자식새끼를 파는 일이 허다한 판국에 그런 가정에

서 태어나지 않은 것만으로도 행복한 일이다. 날마다 강으로
고기를 잡으러 나가시는 아빠는 자식들 귀한 줄 알았고, 엄마
는 그런 아빠에게 아침저녁으로 뜨신 밥을 해줄 줄 아는 정숙
한 여자였다.

  하지만 갖고 있을 때에는 중한 것을 모른다고, 혜민은 자신
이 다복한 가정에서 태어났다는 사실을 몰랐다.

  맨 오빠랑 동생들 틈에서 먹을 것을 놓고 싸워야 했고, 남
들이 형형색색 예쁜 옷을 자랑할 때 집에서 만든 평범한 단색
조의 옷만 입고 다녀야 했다.

  혜민은 그런 환경—자녀가 많아서 입을 것, 먹을 것을 걱정해
야 하는 환경—에서 태어난 것이 싫었다.

  그러던 차, 마을에 젊은 청년들이 들어왔다. 모두 세 명이
다.

  멋진 청년들이었다.

  좋은 옷을 입고, 좋은 것들만 먹으며, 좋은 노래만 불러댔
다. 필요한 것 없었고, 없는 것은 그녀가 원치 않았다.

  그들은 마음도 넉넉했다.

  그래서 마을 청년들에게 그들의 것을 나눠 주었고, 마을 처
녀들에게는 그들과 함께 먹고 즐길 수 있는 기회를 주었다.

  마을 청년이고 처녀고 그들과 친해지기를 바랐다.

  그건 혜민도 마찬가지였다.

"이봐."

어느 날은 그중 한 명이 물 항아리를 이고 지나가는 혜민을 보았다.

"이거."

물 항아리를 이고 있던 혜민은 아무 말도 못했다.

움직이지도 못했다.

움직이면 물 항아리를 떨어뜨릴 테고, 그러면 항아리가 깨질 판이니까.

"네 거 아냐?"

사내는 혜민에게 색색으로 물들어진 예쁜 띠를 내밀었다. 머리띠다.

"네 뒤에서 떨어지던데?"

사내는 그것을 혜민의 주머니에 쑥 집어넣었다.

"네 거 맞을 거야."

사내는 틀림없다는 듯 힘을 주어 이야기했다.

"만약 네 게 아니라면? 그래, 그건 천상 세계에서 달아난 선녀에게 다시 하늘나라로 돌아오라고 신호를 보내는 것인지도 몰라."

혜민은 얼굴이 새빨갛게 달아올라서 그곳에서 달아났다.

저 청년이 내게 말을 걸었다. 내게 말을 걸었어!

이미 많은 처녀들과 놀고 있으면서 혜민에게 말을 걸 줄은 생각지도 못했다.

혜민은 집으로 돌아오자마자 물 항아리를 내팽개치고 자기 방으로 들어갔다. 사내의 말에 제대로 대답도 못한 자신이 창피해서 무릎을 싸매고 이불을 뒤집어썼다.

이불 속에서 자기 주머니에 들어 있는 머리띠를 꺼내서 만지작거렸다.

동생들이 무슨 일이냐며 쫓아 들어왔다. 그녀가 숨은 이불 위로 뛰어다니면서 숨바꼭질하자고 소리치고 난리를 부렸다.

도무지 이놈의 집구석은 혼자만의 공간이라는 것이 하나도 없어!

혜민은 산으로 달아났다.

어촌 마을이 내려다보이는 좋은 곳에서 잠시 바람을 쐬었다.

"이봐."

깜짝 놀랐다.

"여기 자주 오나 보지?"

그때 그 사내가 거기 있었다.

"멋진 장소야. 난 이제야 발견했는데……."

사내는 혜민의 곁으로 다가왔다.

"이름이 뭐야?"

혜민은 고개를 숙였다.

그리고 얌전하게, 최대한 다소곳하게 대답했다.

"혜민······."

대답하면서 혜민은 행여나 지금 입고 있는 속옷에 구멍이
난 것을 이 남자가 알지나 않을까, 속바지는 엄마 것을 줄여
입었는데 그것을 가지고 뭐라고 하지는 않을까 그런 걱정을
했다.

사내는 자신을 청석(靑石)이라 했다.

그 뒤로 혜민은 청석을 자주 만날 수 있었다.

직접 만나는 것은 아니고 지나치다가 보게 되면 청석은 항
상 다정하게 인사를 했고, 그러면 혜민은 말도 제대로 하지
못한 채 지나쳤다.

하지만 혜민은 청석을 신경 쓰고 있었다.

물독에 물이 넘치는데에도 물을 기르러 나갔고, 물을 기르
러 갈 때면 가진 옷 중에서 제일 좋은 것으로 차려입고 머리
에 물 항아리를 이고 나갔다.

그럴 때면 청석은 혜민의 사소한 변화에도 민감한 반응을
보여주었다.

그리고 혜민은 그런 것을 알아주는 것이 즐거웠다.

"오늘 밤에 거기 그곳으로 나올래? 보여줄 게 있는
데······."

그 말을 듣고 혜민은 망설였다.

"정말이야. 보여주고 싶은 것이 있어서 그래. 그것은 꼭 밤

이어야만 볼 수 있는 거야."

그 말에 혜민은 알겠다고 고개를 끄덕였다.

그리고 혜민은 밤에 가족들 몰래 집 밖으로 나갔다.

청석은 약속 장소에서 그녀를 기다리고 있었다.

청석은 혜민에게 야명주(夜明珠)를 보여주었다.

"우와~!"

달과 별밖에 안 보이는 깜깜한 밤에 그것은 마치 하늘의 별이 땅에 내려온 것 같았다.

"어때? 나랑 함께 가면 이걸 줄 수 있는데……."

혜민은 눈을 크게 떴다.

"오늘 가자는 이야기가 아니야. 한번 생각해 봐."

그 말을 들은 혜민은 가슴이 콩닥콩닥 뛰기 시작했다.

전날 혜민이 집 밖으로 나갔다가 돌아온 사실은 곧 밝혀졌다.

청석을 사모하는 계집 하나가 이 사실을 온 동네에 소문을 내고 다닌 것이다.

그것을 가지고 혜민은 장마철에 널어놓은 이불 빨래에서 먼지가 나도록 맞았다.

혜민은 억울했다.

나가서 고작 야명주 하나만 구경하고 온 것뿐인데, 그게 무슨 잘못이 된단 말인가!

"미안해. 내 잘못이야. 난 유리(琉璃)가 그 자리까지 쫓아
와서 숨어 있는 줄은 몰랐어."

청석이 사과를 했지만 혜민은 그것이 청석의 잘못이 아니
라고 생각했다.

오히려 그렇게 속이 깊은 청석이 더욱 마음에 들었다.

결국 청석이 약속한 날이 왔고, 혜민은 갈등했다.

고민 끝에 혜민은 결정을 내렸다.

안 가기로.

그녀는 자신이 가족들을 사랑한다는 것을 기억해 냈다.

없는 돈에도 자식들을 먹여 살리기 위해 노력을 하는 아빠
가 있고, 없는 살림에도 다들 배부르게 먹이기 위해 노력하는
엄마가 계시다.

그리고 그를 걱정하는 동생들과 오라비까지.

그래서 혜민은 안 간다고 이야기를 하기 위해 약속 장소로
갔다.

그때 혜민은 약속 장소에 온 사람이 자기만이 아니라는 것
을 깨달았다.

유리는 물론이고, 빨래터에서 매일 만나던 동무들까지 다
있었다.

혜민은 이야기했다.

나는 안 간다고.

그러자 청석이 말했다.

"안 가면 안 돼."

청석이 그렇게 말하자 다른 사람들도 모두 그렇게 말했다. 혜민이 안 가면 그들이 모두 한자리에 모인 것을 밝힐 거라고.

혜민은 그럴 일은 절대 없을 거라 했지만 그녀의 말을 믿어주는 사람은 아무도 없었다.

단지 안 간다는 이야기를 하러 나왔는데 혜민은 끌려갔다.

생각해 보면 우습지, 하루아침에 마을의 처녀라는 처녀는 모두 달아났는데 누구 소행인지, 또 누가 달아났는지 다 알게 될 일을 누가 이야기하고 누가 이야기 안 하고가 무슨 상관이란 말인가!

그때는 그것을 이야기하고 안 하고가 왜 그렇게 중했는지……

그리고 그들은 모두 짐짝처럼 수레에 실렸다.

매일 서너 명씩 끌려 나갔다가 돌아왔고, 개중에는 돌아오지 못하는 동무도 있었다.

팔린 것이다.

드디어 혜민의 차례도 돌아왔다.

혜민은 청석부터 시작해서 세 사람 모두 그녀 위에 태워야했다.

혜민이 움직이지 못하게 한 놈은 양팔을, 또 한 놈은 양다리를, 그리고 마지막 한 놈은 허리를 잡았다.

그리고 그들은 그들이 원하는 것을 취했다.

혜민은 그것이 제발 꿈이기만을 바랐다.

"뭐야! 처녀였잖아!"

"이런 씨팔! 이럴 줄 알았으면 제값을 받고 팔 수 있었던 건데……."

"미친 새끼. 그걸 확인도 안 했어?"

"젠장맞을! 난 저 새끼가 그 마을에 처녀라는 처녀는 다 따먹은 줄 알았지."

"아, 미안, 미안. 나도 내가 다 딴 줄 알았어. 놓치고 안 딴 계집이 있을 줄 알았나."

혜민은 믿었던 청석이 하는 이야기를 눈물을 흘리며 듣고 있어야만 했다. 당시 혜민의 입에는 그녀의 고의가 물려 있었다. 소리를 지르지 못하도록 하기 위해서 말이다.

혜민은 나중에 도강자돈에게 팔렸다.

팔릴 때까지 혜민은 매일 그 세 사람을 감당해야 했다.

팔리고 나서야 혜민은 그들의 이름이 앙래삼주(卬崍三走)라는 것을 알았다.

대타하와 민강 사이에 있는 산이 앙래산이다. 그 앙래산에서 시작해서 사천 일대를 돌아다니며 인간 사냥을 하는 파렴

치한들이다.

도강자돈에게 팔린 후에는 삶이 좀 편해졌다.

때리는 사람도 없었고, 남자도 가끔 하나 정도 받으면 되었다.

혜민의 역할은 미끼.

그때부터는 이름도 미끼였다.

지나가는 사람 중에 제법 돈푼깨나 있어 보이는 사람을 물어다 도강자돈 앞에 데려다 주는 것이다.

그럼 나머지는 도강자돈이 알아서 한다.

처음에는 매도 많이 맞았다.

돈이 있고 없고를 보는 눈이 없어서다.

조금 시간이 지나니까 돈이 있는 사람, 없는 사람을 쉽게 알 수 있었다.

그리고 그에 맞게 제대로 사람들을 물어올 수 있었고.

하루는 도강자돈에게 물었다.

앙래삼주인가 하는 놈들, 잡을 수 없냐고 말이다.

"왜?"

미끼는 대답했다.

자신의 운명을 이렇게 바꿔놓은 그놈들에게 복수하고 싶다고.

도강자돈은 태연하게 대답했다.

"나를 이기는 놈이면 놈들을 이기겠지."

그래서 다시 물었다.

도강자돈이 놈들을 잡을 수 있냐고.

"나를 죽일 수 있는 놈이면 놈들을 잡을 수 있겠지."

그 이야기를 듣는 순간 미끼는 결심했다.

도강자돈을 죽이는 사람이 있으면 그 사람에게 놈들을 잡아달라고.

하지만 놈들을 잡는 것만이다. 놈들을 죽이는 것만은 자기 손으로 하기로 마음먹었다.

그리고 혜민은 오늘 드디어 그 사람을 만났다.

놈들을 붙잡을 수 있는 힘이 있는 사람. 이단이다.

*　　　*　　　*

이제 혜민은 마음먹었다.

이 사내를 따라가기로.

"내가 밉지 않나?"

사내는 물었지만 혜민은 대답을 안 했다.

미운가?

강제로 자신을 품으려 했는데?

안 미웠다. 밉다기보다는 무서웠다. 하지만 이제는 안 무섭다. 이 사람들―말 못하는 남자와 눈감고 말하는 하얀 여자―과 함께 있으면 괜찮을 것 같았다.

사내가 탄 말이 머리를 돌렸다.

사내가 움직이자 혜민도 서둘러 움직였다. 놓치면 안 된다. 어떻게 만난 복수의 길인데…….

사내는 혜민을 따라오지 못하게 막지도 않았다. 따라오라고 하지도 않고, 오지 말라고 하지도 않았다. 올 테면 오고 말려면 말라는 식이다. 혜민은 그렇게 생각했다.

그녀는 옷부터 챙겨 입고 사내 뒤를 따랐다.

사내는 말을 타고 밖으로 향했다. 소녀는 황급히 사내의 말을 쫓았다.

말 못하는 사내가 그녀를 향해 손을 내밀었다. 얼결에 그 손을 잡을 뻔했지만 혜민은 잡지 않았다. 대신에 두 주먹을 불끈 쥘 뿐이다.

혜민은 말을 타고 사내의 뒤를 쫓는 눈처럼 하얀 여자를 힐끔거렸다.

눈처럼 새하얀 백의를 걸친 여자는 혜민을 한 번 쳐다보더니 관심을 갖지도 않았다. 때마침 여자의 어깨에 앉아 있는 매가 삐이이 하고 울음을 토한다. 뭐 기분 나쁜 일이라도 있는지 말이다.

가만?

나를 쳐다보기는 한 건가? 눈을 뜬 거야, 감은 거야? 뜬 것 같지는 않은데 어떻게 나를 보지? 어깨 위에 앉아 있는 매는 또 뭐지? 매야, 독수리야?

어느새 그들은 다시 혜민이 처음 사내를 만났던 곳, 즉 도강자돈의 일행이 고깃덩이로 변해 버린 현장에 도착했다.

청삼을 입은 젊은 남자 해석이 박수를 쳤다.

눈처럼 새하얀 백의를 걸친 여자, 설아가 남자를 바라보았다. 그러자 해석은 손짓발짓을 시작했다.

"도강자돈, 남부현에서 도강언으로 향하는 관로에서 악명을 떨치던 자입니다. 실력은 일류고수에 버금가니 청성산의 입장에서는 문제가 되지 않으나 악한 행실 때문에 악명이 자자했었지요, 라는군요."

해석은 수화를 멈추었다. 어느새 그의 동작보다 설아의 설명이 앞서 갔기 때문이다. 설아는 해석의 생각을 대신 말해주고 있었다.

"살인 수법은, 도강자돈은 조가창 같은 고도의 창술에 당했답니다. 저런 창술로 유명한 신인 고수라면 신창(辛槍) 추산하(秋山河)가 유명하답니다. 말 위에 앉아 있는 기수가 일정한 동작, 일정한 속도로 수십 번 창을 찔렀다는군요. 그리고 다른 사람들은 모두 절단면이 깨끗한 것이 예리한 칼에 당한 것 같다고 하네요. 그렇게 말하다가 지금 놀라고 있군요. 사방에 흩어진 피해자, 하지만 모두 한 사람에 의해 당한 것으로 보인답니다. 범인의 행적이 안 보이기 때문이라는데요. 어? 이단, 해석은 이게 당신의 작품이냐고 묻고 싶은가 봅니다."

해석은 멍한 표정으로 설아를 바라보다가 다시 이단을 바라보았다.

수화는 멎었는데 설아는 해석의 뜻을 말로 옮겼다.

정말이다.

설아는 해석의 생각을 읽고 있었다.

수화로 표현한 것만이 아니라 처음부터 해석의 생각 자체를 읽고 있었다.

이단은 설아의 말, 정확히는 해석의 질문에 답을 안 했다.

관심이 없다는 투로 말을 흔들었다.

그것으로 해석은 알아차렸다.

범인은 이단이다.

조가창?

아니다. 창으로 보이는 이것은 창이 아니라 낚싯대 끝이다. 낚싯대 끝이 워낙 날카로워서 그것을 빠르게 수십 차례 찌른 것이다.

그리고 날카로운 칼날은?

조사(釣絲), 낚싯줄이다.

한 사람이 사방으로 흩어지는 십여 명을 저렇게 한순간에 도륙하기 위해서는 한가운데에서 세 자, 네 자짜리 칼을 휘두르는 것으로 칠팔 장 떨어진 사람을 공격하기란 불가능하다. 또 모르지. 또 내공 삼 갑자 이상에 도기, 도강이나 이기어도,

어도술을 연성한 초절정고수라면 말이다.

결국 그런 초절정의 고수가 아니라면 이단이다. 그의 낚싯대가 창이었고, 낚싯줄이 바로 칼이었다.

해석의 눈에 이단의 말 뒤를 졸졸 따르고 있는 귀엽게 생긴 어린 계집이 눈에 들어왔다.

"이단, 해석이 저 여자는 어떻게 할 겁니까, 라고 묻습니다."

그제야 이단이 대답했다.

"몰라."

맞다. 모른다. 혜민이라고 이름만 알지 나이도 모른다. 그녀가 왜 뒤쫓아오고 있는지도 모른다.

가만히 듣고만 있던 혜민은 머리를 굴렸다. 이제는 자기가 나서야 할 때라고 생각했다.

"저는 혜민이라고 합니다. 저 여자에게 팔려와서 지금껏 이 연놈들에게 잡혀 있었어요."

이 사내의 이름이 이단인가 보다. 그리고 저 때 꼬질꼬질한 어린놈—혜민보다는 나이 많지만—이 해석이고.

일행이다. 사내 이단의 겁탈을 다른 일남일녀가 방해하기는 했지만 이들은 일행이다.

어쩌면 더 잘된 일이다. 행여나 앞으로 있을지도 모를 이 남자의 겁탈 행위를 이 두 사람이 막아줄 수 있을지도 모른다. 그것이 먹힐지 어떨지는 모르지만. 그럼 남자를 쫓아다니다가 앙래삼주를 잡을 수도 있겠지. 그때에는 꼭 내 손으로 놈들을 죽이리라. 지금이 기회다. 지금 놓치면 다시는 찾을 수 없다.

그 짧은 순간에 혜민은 그렇게 생각했고, 그래서 잽싸게 그들 사이에 엉덩이를 들이밀었다. 도움을 주었으니 끝까지 책임을 지라는 식이다.

순간적으로 사내 이단의 얼굴 표정이 굳어졌다.

혜민의 말이 뜻밖인 것이다. 혜민은 아예 말뚝을 박아야 한다고 생각했다. 행여 사내가 그게 아니라 저거라고 혜민의 말을 반박하고 나서면 그냥 그녀 혼자 사내를 쫓아다니는 꼴밖에 안 된다.

혜민은 이단의 앞에 가서 절을 올렸다.

"대인의 구명지은에 감사드립니다."

그것이 거짓이라는 것을 여기 있는 사람들이 다 안다. 하지만 혜민은 천연덕스럽게 이단이 그녀를 구해주었다는 식으로 밀어붙였다.

짝.

청삼의 사내가 박수를 쳤다.

그리고 눈처럼 새하얀 백의의 미녀가 대신 말했다.

"이단, 저 여자도 데리고 갈 거냐는데요?"

"몰라."

남자는 말했다.

짝.

청삼의 사내가 다시 박수를 쳤고.

"저 남자는 이단, 정무련의 사왕 중 하나, 낭왕 이단이고, 나는 해석, 개방 제자, 그리고 이 여자는 설아라고 해석이 말합니다. 아, 이단에게 하는 말이 아니군요."

혜민은 멍하니 다른 두 사람을 바라보았다.

한 사람은 박수를 치고, 말을 타고 있는 여자는 눈을 감은 채 남자의 말을 대신 이야기한다.

도대체 어떻게 된 것인가? 정무련은 또 뭐고 사왕은 또 뭐지? 뭔가 대단한 것인가 보다. 그중에서도 낭왕이란다.

낭왕? 왕이라고?

우와~ 멋지다!

그게 아니라도 왕이라는 이름을 들을 만한 인물이라면 어쨌거나 대단한 사람일 테니까.

혜민은 그렇게 생각했다.

"왜 대신 말하지요?"

혜민의 질문에 설아가 대답했다.

"나는 말을 못해, 라고 해석이 말하는군요. 어? 이단, 해석은 말을 할 줄 모른대요."

설아의 앞말은 혜민에게 하는 말이지만, 뒷말은 이단에게 하는 말이다. 이단이 대답했다.

"알고 있어."

"아, 알고 있었군요."

설아의 얼굴에 오랜만에 감정이 실렸다. 비록 짧은 순간에 나타났다가 사라진 그것은 실망감이었지만, 표정이 있다는 사실만으로도 놀라웠다.

이단이 고개를 돌려서 설아를 향했다. 묻고 싶은 것이 많았다. 좀 전에 그가 통과했던 하얀빛의 세계도 그렇고, 자신에게 벌어지고 있는 이 일들도 그러했다.

어쩌면 그 하얀 빛의 세계는 그에게 일어나고 있는 일―율갑혼정기의 부작용을 극복할 수 있는 탈출구가 되어줄지도 모른다.

이단은 그것에 대해 묻고자 했다.

"설아!"

"이단, 완전한 것은 아니지만, 그것이 한 방법이 되어줄 수도 있습니다. 그것이 바로 전에 제게 묻고 제가 이야기했던……."

"잠깐!"

이단이 황급히 소리쳤다.

"설아, 그만. 그만해."

설아는 입을 다물었다. 그냥 말하게 놔두었다가는 설아는 또 그것을 이야기할 것이다. 아무래도 설아가 이야기하려는 것이 바로 그것 같았다. 세상 사람들은 모르는 것, 그리고 세상 사람들은 알아서는 안 되는 것, 바로 그것이다.

그것은 비밀이어야 한다. 이단이 율갑혼정기를 익힌 것은 물론이요, 이단이 그 책을 보게 된 것, 그리고 그것을 익히게 된 배경 등등 여러 가지 말이다.

세상 사람들이 그것을 알게 된다면 이단을 죽이려 들 것이니까.

이단이 죽는 것으로 끝이 날 일도 아니다. 이단뿐만 아니라 수라방도 화마에 휩싸일 수 있는 일이다. 겨우 찾아온 강호의 평화가 다시 깨질 수도 있는 일이고.

무엇보다 검후의 살인범으로 자신이 지목될 수도 있는 일이다. 바로 이것이 이단이 가장 염려하는 부분이었다.

그냥 놔둔다면 설아는 아무 생각 없이 그녀가 알고 있는 것을 말할 것이다. 여기 듣는 사람이 둘 말고 두 사람이나 더 있다는 것은 신경 쓰지도 않는다.

그렇게 해서는 안 된다.

이단은 비밀은 지키면서 대화를 할 수 있는 적당한 방법을 생각해 냈다. 어쨌거나 완전한 것은 아니지만 방법이 있다니 그것만으로도 큰 수확이다.

"설아, 이제 내 질문에는 예, 아니오로만 답을 해."

"왜지요, 이단?"

이단이 곤혹스런 표정을 지었다.

"다른 사람들이 알면 안 되는 이야기니까."

"아, 그러니까 비밀이라는 것이군요."

이단이 한숨을 내쉬었다. 이렇게 이야기하다가는 다 알겠다.

"맞아. 그것은 존재 자체가 비밀이다."

설아가 입을 다물었다.

설아가 갑자기 입을 다물자 이번에는 이단이 당황해했다.

"설아."

"예."

"왜 말을 안 해?"

설아의 고운—곱기만 하고 어떤 감정도 안 느껴지는, 살아 있지 않은 조각 작품 같은 얼굴이 살짝 일그러졌다.

잠시 후, 설아가 대답했다.

"나로서는 알 수가 없군요. 왜 말을 안 하냐는 그 질문에 어떻게 예, 아니오로 대답하지요?"

이단이 다시 한숨을 내쉬었다.

"내 모든 질문에 예, 아니오로만 답하는 것이 아니라, 특정 질문, 그러니까… 그래, 이제부터 내가 시작이라고 할 때 시작해서 끝이라고 할 때까지 예, 아니오로만 답을 해. 되었지?"

"그렇군요. 그것도 규칙인가요?"

이단이 화가 나서 소리쳤다.

"그래! 규칙이다! 너와 나만의 규칙!"

이건 아이에게 설명하는 것도 아니고……. 묻고 싶은 사람은 자기인데 오히려 자기가 지금 설아에게 설명을 하고 있었다.

"그렇군요. 하지만 이단, 규칙은 모두 그 규칙이 만들어진 이유가 있다고 했는데, 설아는 이 규칙에 대해서는 그 이유를 모르겠어요."

"설아."

이단이 설아를 불렀다. 목소리가 떨리는 것이 분을 삭이고 있는 게 분명하다.

"알았어요, 이단. 시작하세요."

그제야 설아는 입을 다물었다.

이단은 이제 확실히 알 수 있었다.

설아가 말이 많아졌다.

말만 많아진 게 아니다. 묻지도 않은 것에 대한 대답도 많아졌고, 알고 싶어하는 것도 많아졌다. 한마디로 수다스러워졌다.

이단과 가까워져서? 또는 이단을 믿기 때문일까? 이유야 어떻든 설아가 변했다.

항상 이단이 가는 곳이면 어디든 함께 다니던 설아였지만, 언제나 사무적으로만 대하고 일정한 거리를 유지하던 사람이 설아였다.

이단이야 부탁을 받아서 설아를 잠시 보호하고 있을 뿐이다. 그것은 일종의 거래이기도 했고. 그렇기 때문에 설아와 항상 같이 다니고 있을 뿐이지 동행, 그 이상도 이하도 아니었다.

이단 역시 그렇게 거리를 유지하는 설아가 편했고.

그런데 무엇이 그녀를 변하게 했을까?

여하튼 그것은 둘째 치고, 우선 알아내야 할 것들이 있다. 지금은 남의 걱정을 할 때가 아니다.

"설아."

이단은 내가 그것—문제를 해결하는 방법을 알고 있냐고 물으려고 했다.

"음… 이것도 예, 아니오로만 대답하기 애매하군요. 진짜 답은…….''

"설아."

이단은 이름을 말해서는 안 된다고 주의를 주려고 했다. 예, 아니오면 충분하다.

"예, 알았어요."

설아는 바로 알아들었다. 묻지 않아도 안다. 이것이 설아의 본모습이다.

"설아."

이단은 그렇다면 진짜 필요한 것은 따로 있냐고 물으려고 했다. 문제 해결의 진짜 열쇠 말이다. 해법일 수도 있고, 해결책일 수도 있고, 해결하기 위한 도구일 수도 있다. 무엇이든 상관없다.

"예."

있다. 그것은 있다.

문제가 있으면 답이 있고, 독이 있으면 약이 있는 법이다. 역시 이 문제에도 해결 방법은 있었다.

"설아."

이단은 그럼 내가 아는 것은 진짜냐고 물었다. 입으로가 아니라 마음속으로 질문을 떠올렸다.

"아니요."

아니란다.

이단이 알고 있는 것에는 해결책이 없다는 소리다.

그럼 임시방편이라도 있을까?

"예."

완전한 것은 아니지만 방법은 있다는 말이 바로 그 뜻이다. 궁극적인 해결책은 아니지만 임시변통은 된다는 말이다.

이단은 그럼 내가 그것을 익혔냐고 물으려고 했다.

"아니요."

알고는 있지만 익히지는 않았다. 그가 알고 있는 것 중에 아직 익히지 않은 것이다.

그나마 작은 희망이라도 보였다.

임시방편이지만 그래도 어떻게든 눌러놓을 수는 있을 테니까 말이다.

"설아."

이단은 그럼 그것 역시 그 책에 적혀 있는 것이냐고 물으려
고 했다. 이단은 머릿속으로 그 책 이름을 떠올렸다.

'현일육방도(玄日六方道)!'

"예."

"설아."

현일육방도(玄日六方道)!

역시 그것이다.

그 사람이 자신에게 한번 읽어보라고 주었던 책.

세 가지 술법만 적혀 있고 후반부는 유실된 책.

그것은 무공서가 아니라 술법서였다.

그 책에 있는 첫 번째 술(術)은 이단이 최근에 재미를 붙인
유령환보다. 그리고 두 번째 술은 오히려 익히지 않으려고 노
력하고 있는 투형색원시.

이단은 현일육방도에 실려 있는 세 번째 술법(術法)의 이름
을 머릿속으로 읊었다.

'가사몽습지혜(假死夢習之慧)!'

"예."

설아는 대답했다.

역시 그랬다.

이단이 지금 경험한 하얀 세상이 바로 가사몽습지혜의 세
상이었다.

그 모든 것이 하나로 연결되어 있었다.

율갑혼정기도, 그리고 현일육방도의 유령환보, 투형색원시, 그리고 가사몽습지혜까지 모든 것이 하나로 연결되어 있었다. 율갑혼정기는 내공심법이고, 유령환보와 투형색원시는 그것의 빈틈을 메우는 수, 일종의 술법이다.

그럼 모두가 한 뿌리에서 갈라져 나왔다는 소리이고. 가만, 그렇다면?

"설아?"

질문을 머릿속에 떠올리는 이단의 목소리가 떨렸다.

"예, 맞아요."

질문하는 이단의 목소리와 마찬가지로 설아의 조각 같던 얼굴도 미미하게 떨렸다.

이단의 표정이 굳어졌다.

맙소사!

모두가 한 뿌리다.

그리고 설아는 그 모든 것을 알고 있었다.

설아 역시 그 뿌리다!

그리고 이단은 본의 아니게 그 뿌리와 연결이 되고 있었다.

*　　　*　　　*

아침에 성도를 출발한 주왕 차가람은 가정현(嘉定縣)에서 하룻밤 묵기로 마음먹었다.

우선 차가람은 옷부터 갈아입기로 했다.

지금 머리에 두른 의생건이나 백의 위에 걸친 청회색의 소매 없는 장삼은 신농계의 전형적인 복장이다.

정무련을 나온 이상 신농계에 정을 둘 필요도, 그리고 이유도 없었다.

청회색 소매 없는 장삼을 벗어 던지고 머리는 뒤로 묶어버렸다.

여자 혼자 강호를 다니기에는 여장보다는 남장이 편하다.

그리고 청회색 소매 없는 장삼만 빼면 그 아래에 입고 있는 백의 무복은 강호에서 흔히 볼 수 있는 옷이고.

백색이라……. 쉽게 때를 타기 때문에 흔하게 볼 수 있는 옷은 아닌가? 아닌 것 같다. 노숙을 많이 하는 사람들은 주로 회색, 황색 계통을 많이 입지, 차가람처럼 백의 무복은 피하니까 말이다.

하지만 상관없었다.

이 백색은 차가람이 좋아하는 색이다. 흰옷을 입으면 자기도 그렇게 깨끗해지는 것 같았다. 자신이 그런 삶을 살고 싶은 그녀의 꿈이 담겨 있는 색이다.

대신에 차가람은 백의 무복 위에 걸칠 옷으로 장삼을 골랐다. 한참 시장을 돌아다니다가 마음에 드는 장삼을 집었다.

집고 입어보니 문득 며칠 전의 일들이 생각났다.

하필이면 그녀의 마음에 든 옷은 흑청색의 장삼이었다.

혹청색. 먹처럼 까만 흑색에 옷감을 이리저리 조명에 움직여 보면 언뜻 파란빛이 비친다.

그런 옷을 본 적이 있다. 이불처럼 두른 적도, 둘이 한 자락을 나눠 덮었던 적도 있다. 그리고 그때 그 옷은 교룡피로 만들어진 옷이었다.

차가람은 자신의 차림이 못마땅한 듯 혀를 찼다.

이제 와서 왜 또 그 사람 생각을 하는 거야!

차가람은 입었던 장삼을 다시 내려놓았다.

상인은 차가람에게 잘 어울린다고 연신 권했지만, 차가람은 마음에 들지 않았다.

옷이 마음에 들지 않은 게 아니고 그 사람이 마음에 들지 않았다. 그 사람을 연상시키기 때문에 옷도 싫었다.

싫다고 생각하고 다른 곳으로 발길을 옮겼다.

몇 바퀴를 돌았지만 그 옷처럼 마음에 쏙 드는 옷도 없었다.

'내가 미쳤지.'

차가람은 결국 그 옷을 사고야 말았다.

흑청색 장삼을 걸친 차가람은 다음으로 철물공방을 들렀다. 그중에서도 차가람이 찾는 곳은 도검장이었다.

도검이라면 당연히 강남의 천인장이 으뜸이지만, 사천에서 그런 것을 찾을 수는 없는 일이고.

차가람은 쭉 걸려 있는 도검들을 둘러보다가 문득 눈에 띄는 물건을 하나 발견했다.

반월형 만도(彎刀)였다.

집어 들었다.

도검 장인은 얼씨구나 하고 눈빛을 빛냈다.

중원에서는 거의 직도에 가까운 도를 쓰지 이런 만도는 거의 쓰는 사람이 없다. 당연히 찾는 사람도 없고.

이 반월형 만도는 왜도보다도 더 많이 휘어서 다들 신기해할 뿐이지 살 생각을 하는 사람은 거의 없었다. 이런 칼은 중원의 것이 아니라 서역의 물건이다.

그런데 갑자기 찾아온 백의 무복에 흑청색 장삼을 걸친 여무사가 그 칼에 관심을 갖고 있었다.

차가람은 칼을 뽑아서 날을 확인했다.

"여기에서 만든 물건이 아니로군요."

차가람의 말에 도검 장인은 순순히 시인했다.

한눈에 쇠를 알아보는 것이 역시나 보통 여인이 아니다. 이런 사람을 속이려다가는 제 몫도 못 챙기기 십상이다.

"중원 천지를 한번 돌아다녀 보시오. 그렇게 생긴 칼이 중원에서 나온 게 있는가. 당연히 서역에서 건너온 물건이지요. 나도 신기해서 샀다가……."

도검 장인은 황급히 입을 다물었다. 처치 곤란이라는 소리를 할 뻔했기 때문이다. 처치 곤란이니 싼값에 팔리는 것이 당연한 일이고.

"무인이니 아시지요? 서역이 쇠 하나는 명품이라는 것을 말입니다. 정말 좋은 쇠지요."

도검 장인은 종이를 가져다 쇠를 시험해 보였다. 칼날은 마치 미끄러지듯이 종이를 가르며 지나갔다. 좋은 쇠다. 그리고 날도 잘 벼리어져 있고.

차가람은 마음에 들었다.

"사겠어요!"

망설이지 않고 차가람은 그 칼을 집어 들었다.

도검 장인의 눈에 화색이 돌았다. 처치 곤란한 물건인데 좋은 값에 팔게 생겼으니 좋지 않을 리가 없었다.

저녁을 먹고 자신의 방으로 돌아온 차가람은 짐부터 정리를 시작했다.

혹시 빠진 물건이 있으면 새로 구입을 하고, 부족한 것이 있으면 채워야 하니까 말이다.

먼저 전낭부터 확인해 보았다. 만하전장의 어음은 충분했다. 그것만으로도 아껴 쓴다면 몇 사람 한 가구가 평생 먹고 살 만했다.

다음으로 보석함을 확인했다.

보석함을 열자, 청아한 향기가 실내를 가득 채웠다.

보석함에는 보석 대신에—아, 보석이 하나도 없다는 뜻이

아니고, 보석보다 많은 수의 신농계의 자랑인 기신정(氣迅精),
속명단, 청명환, 신농계의 삼보가 들어 있었다.

청명환은 흐트러지는 정신을 맑게 하고 이성을 찾아준다.
속명단은 죽어가는 사람도 살려낸다. 기신정은 소림의 대환
단이나 무당의 자소단(紫霄丹)처럼 급격하게 내공을 증진시
킨다.

"뭐야? 전별금이네!"

차가람은 알 수 있었다. 어음이야 중경여와 두리가 보낸 것
이겠지만, 보석함은 명계방이 보낸 것이다. 명자방이 현업에
서 손을 뗀 이상 신농계에서 삼보를 조제할 사람은 명계방밖
에는 없다.

하지만 고맙다는 생각은 눈곱만큼도 안 들었다.

차가람은 그렇게 주는 돈과 약, 그리고 보석들을 요긴한 데
잘 쓰겠다고 생각했다.

물건들을 밀어놓는데 짐 속에서 책 하나가 삐져나왔다.

차가람은 고개를 갸웃거리면서 책을 꺼내 들었다.

"규화삼재(葵花三齋)?"

그녀의 책도 아니고, 모르는 책이다.

"아!"

차가람은 짧게 감탄사를 흘렸다.

차가람이 짐을 꾸릴 때 열혈군이 밀어 넣은 책이다.

군데군데 불에 탄 흔적이 있는 것으로 보아 그 책이 맞았다.

차가람은 이게 도대체 무슨 책이기에 열혈군 명자방이 그
녀를 잡기 위해 이 책을 내밀었나 궁금해졌다.

"규화삼재, 규화삼재……."

책의 이름을 자꾸 되뇌어보았다. 물건은 낯이 설지만 이름
은 그렇지가 않았다. 어디서 사람들이 지나가는 말로 하는 이
야기 속에서 얼핏 들은 것도 같은데…….

"가만, 규화(葵花)라면 해바라기 아냐?"

항상 해만 바라보고 있다고 해서 이름이 해바라기다. 해를
본다는 것은 곧 일, 광명을 뜻하고. 문득 광명, 불, 태양과 관
련된 한 단체가 생각났다.

차가람은 서둘러 책을 넘겼다.

낯익은 초식이 눈에 들어왔다.

가뜩이나 커다란 차가람의 맑은 두 눈이 더욱 커졌다.

차가람은 그 책에서 이미 그녀가 알고 있는 초식을 확인할
수 있었다.

바로 광마의 첨밀밀이었다.

"이게… 이게 왜 여기 있어?"

순간 차가람의 머릿속이 하얗게 변했다.

어쩌면 정무련에, 최소한 신농계에 백련교도의 무공이 스
며들어 와 있었다.

*   *   *

저녁 무렵이 되어 전노군이 있는 상고각으로 향하는 유달
은 유난히 발걸음이 안 떨어졌다.

벽을 허물고 기물을 부수면서까지 찾았지만 결국 아무것
도 못 찾았다는 보고를 하려니 기운이 쫙 빠졌다.

하지만 전노군은 유달에게 오라고 명령을 내렸다.

그러니 가야 했다.

막상 전노군의 방 앞에서 유달은 머뭇거렸지만, 어느새 선
규가 그의 뒤에 와서 섰다.

"방장께서 부르셨나?"

"그렇습니다, 군장(軍將)."

유달의 질문에 선규가 답했다.

정무련에서는 주작공이지만, 수라방에서 유달의 공식적인
지위는 군장이다. 군(軍)은 수라방의 행동대인 청사군을 말하
고, 유달이 군장, 선규는 청사군의 부장(副將)이었다. 결국 선
규는 유달의 부관인 셈이다.

하지만 유달은 선규가 껄끄러웠다.

항상 군인처럼 고지식하고 융통성없는 선규를 곁에 두고
있다 보면 자기까지 뻣뻣해지는 것 같았다.

하지만 아버지 전노군은 유달에게 선규를 붙여놓으려 했
다. 유달의 의사는 무시한 채로 말이다.

언제나 그랬다.

유달은 아버지 전노군 앞에서 당당하고 떳떳해 보려 했지만, 전노군이 유달에게 원하는 것은 항상 유달이 이룬 것보다 많았다.

지금도 그러했고.

유달은 선규에게 등을 떠밀리다시피 하며 전노군의 방으로 들어섰다.

안에는 이미 정운까지 와서 그 두 사람을 기다리고 있었다.

식사 준비도 끝나 있었고.

두 사람이 자리에 앉자, 점소이가 와서 그들에게 음식을 나눠 주었다.

"오랜만이로군, 이렇게 한 가족이 둘러앉아 식사를 하는 것이."

전노군이 흡족한 표정을 지었다.

"이단만 빠졌군. 그 녀석만 끼었으면 온 가족이 다 모이는 것인데……."

전노군은 정운과 선규, 그리고 이단을 한 가족이라고 표현했다.

성도 다 다른데… 혼인 관계도 아니요, 혈연관계도 아닌데…….

유달은 그것부터가 싫었다.

정운은 아버지의 수하요, 아직 별호도 없는 선규는 유달의 부관이다. 이단은 정운의 제자일 뿐이다.

망할!

그놈 이야기가 또 나오고 있었다.

"어서들 드시게. 내 밥값 내라는 소리는 안 할 테니 마음껏 드시게나."

전노군이 밝은 목소리를 냈다.

유달은 그것이 과장이라고 생각했다.

요즘 들어 정무련이든 수라방이든 좋은 소식이 하나도 없다. 이런 와중에 즐거울 일이 무엇이란 말인가!

식사를 하는 내내 전노군 혼자 떠들었다.

선규는 정운을 닮아 말수가 없었고, 전노군 앞에만 서면 작아지는 아수라 유달은 굳이 할 말이 없었다.

그렇게 식사가 끝이 나고, 마지막으로 차가 나왔다.

차의 향을 음미하는 순간 유달은 긴장했다.

오늘의 차는 천지(天池)다. 호구(虎邱)와 용정 다음가는 차다. 간단히 말해서 다품 중에 으뜸이라 할 수 있는 차였다.

그만큼 오늘 이 자리에 모인 사람들은 전노군으로서는 중한 사람들이라는 뜻이다.

이제 슬슬 본론을 꺼낼 때가 된 듯하다.

선규가 왔으니 유달에게는 수라방으로 돌아가라고 할까? 그럴 것 같다.

이번에 청문궁으로 망치와 곡괭이까지 들고 가서 벽을 허물고 기물을 부수었지만 얻은 것은 하나도 없다. 덕분에 유달은 정무련 최고의 멍청이가 되어버렸다.

"선규, 청사군의 수장이 누구지?"

"아수라 유달입니다."

선규는 무뚝뚝하게 질문에만 대답했다.

덕분에 그 자리에 앉아 있는 유달만 더 얼굴이 붉어졌다.

"그렇다. 여기 있는 유달이다. 선규가 청사군에서 맡은 역할은 무엇인가?"

"부장입니다."

"그렇다. 청사군의 군장은 유달이고, 선규는 그의 부장이다. 무슨 말인지 알겠지?"

"잘 알고 있습니다."

여전히 선규의 대답은 간단명료했다.

"좋아. 더 긴말은 않겠다. 요즘 유달이 문제를 해결하는 데 난관에 부딪쳤다. 이런 때일수록 선규가 더욱 유달에게 힘이 되어주어야겠어."

"명심하겠습니다."

그제야 정운이 입을 열었다. 오늘 식탁에 앉아서 밥을 먹을 때 외에는 한 번도 열지 않던 입이다.

"선규는 잘할 것입니다."

"그래. 잘할 거야."

전노군이 힘을 주어 고개를 끄덕였다.

아수라 유달은 오늘 이 자리를 자신이 오해해도 한참 잘못

오해를 하고 있었다는 것을 깨달았다. 자신의 그릇된 판단에 얼굴이 후끈 달아올랐다. 전노군은 유달에게 힘을 실어주기 위해 함께 식사를 하자고 했다.

그것도 모르고 유달은 또 아버지에게 혼나러 가는 줄로만 알았던 것이다. 창피했다. 자식이 되어서 부모 속도 모르니 쥐구멍이라도 들어가고 싶었다.

얼굴이 붉어졌다.

정운과 선규가 물러가고 실내에는 두 부자만 남았다.

"달아."

유달은 자기도 모르게 깊이 숨을 들이쉬었다.

그러면 그렇지, 아버지가 자기한테 좋은 이야기만 할 리가 없었다. 이제 때가 된 것이다.

남들 앞에서 제 자식 혼내기는 그렇고, 남들이 다 비켜줄 때까지 조용히 기다린 것이다.

유달은 그렇게 생각했다.

"아무래도 네가 이 힘을 빌려야 할 것 같다."

전노군은 조용히 보퉁이 하나를 내밀었다. 네모반듯하게 잘 싸여 있는 것이 책 보퉁이다.

"받아라."

유달은 얼결에 전노군이 내미는 물건을 받았다.

"네게 주기 전에 먼저 이단에게 익히도록 해보았다. 시험

결과 다른 부작용은 없었다. 오히려 이단은 이지가 밝아져서 낭왕이라는 명성을 날리기까지 했지."

유달은 흠칫 놀랐다.

아버지와 이단 사이에 그런 거래가 있었을 줄은 미처 생각지도 못했다.

"전란 때 소실된 탓에 그 내용이 완전한 것은 아니다. 전해지는 말로는 다섯 가지의 술법이 있다 하지만, 그 책에는 세 가지밖에 없구나. 하지만 그것만으로도 충분하다. 네가 익히면 이번 사건을 해결하는 데 도움이 될 것 같다."

전란이라면 당연히 사 년 전에 끝이 난 백련교도의 난을 말한다. 그때 얻은 전리품이라는 소리다.

전리품이란 승자가 강탈한 패자의 물건이고. 그때 승자는 사패요, 패자는 당연히 백련교도들이다.

유달은 선뜻 보퉁이를 풀지 못하고 손을 떨고 있었다.

결국 유달은 보퉁이를 풀었다. 생각대로 책이 나왔다. 하지만 짐작하지 못했던 책이다.

"네 머리가 맑아지고 보지 못하던 것을 볼 수 있을 것이며, 너를 보고도 사람들은 너를 본 것을 기억하지 못할 것이다. 또한 네가 잠을 자거나 눈을 감고 쉬는 동안에도 너는 생각을 할 수 있게 되리라."

책을 집어 든 유달은 그 책이 진짜가 맞느냐고 묻고 싶었다. 하지만 선뜻 묻지 못하고 전노군과 책을 번갈아 바라만 보고 있었다.

　책은 전노군의 말대로 전란의 영향으로 검게 그을렸고, 후반부는 소실되어 있었다.

　하지만 책 제목만으로도 유달을 질식시키기에 충분했다.

　현일육방도(玄日六方道)!

　그것은 바로 마도 백련교의 수뇌들, 오마의 무공이 담겨 있는 책 중의 하나였다.

第三十六章
그렇다고 미워하지도 않아

사건 발생 후,
십육 일.

날이 밝았다.

간밤에 이단의 일행은 도강언현에 들어가지 않고 노숙을 택했다.

너무 늦게 도착해서 성문을 열어주지도 않았을 테고, 그 늦은 시간에 도심으로 들어갈 생각이 안 들었기 때문이다.

이단은 어제 설아와 질문은 없고 예, 아니오만 있는 기묘한 문답을 나눈 이후 일절 말이 없었다.

서서히 날이 밝아오자 이단은 해석에게 부탁했다.

"관을 하나 사다 줘. 내가 들어갈 만한. 그리고 아미산까지 관을 싣고 갈 수레도."

해석은 깜짝 놀랐다.

이단이 말했다.

"알다시피 관로는 성도를 지나야 아미산으로 갈 수 있네. 하지만 성도를 지나면 정무련을 들르지 않을 수 없을 거야. 하지만 나는 지금 이 상태를 하고 정무련을 갈 수 없어. 가기 전에 아미산으로 가야 해. 가서 일절 사태를 봬야 해."

해석은 곧 고개를 끄덕였다.

이단에게 무슨 일이 일어나고 있다.

하기야 무슨 일이 있으니까 진판지가 그를 이단에게 붙여서 다녀오라고 보냈지.

이단은 과연 해석이 알고 고개를 끄덕이는 것일까 궁금했다.

이단이 정무련으로 가지 못하는 이유는 율갑혼정기 때문이다. 지금 이 상태로 정무련으로 간다면 자신이 율갑혼정기를 익힌 것이 들통날 것이고, 능검후 호란을 죽인 사람 역시 율갑혼정기를 익힌 사람이니 결국 범인으로 자신이 지목될 것이다. 범죄가 일어난 그 시간에 이단이 그 자리에 없었다는 것만으로는 빠져나갈 수가 없다. 이단을 범인으로 몰 자들은 이단의 행적을 가짜로 꾸밀 수도 있을 테니까.

그들은 희생양이 필요했고, 율갑혼정기를 익히고 있는 이단은 그들에게는 정말로 유효적절한 먹잇감이 될 것이다.

살기 위해서는 율갑혼정기를 눌러야만 한다. 그래서 감춰야 한다. 그러므로 그것을 넘어서는 심법이 필요하다.

이단은 한숨을 내쉬었다.

"이름이……."

이단이 다시 소녀에게 물었다.

"혜민. 혜민이라고 해요."

아, 맞다. 설아가 혜민이라고 벌써 가르쳐 주었는데…….

"혜민, 미안하지만 해석을 좀 도와줄 수 있을까? 말을 못하니 아무래도……."

"웅! 안 달아날 거지요?"

이단이 하늘을 가리켰다.

"우리가 안 보이면 하늘을 봐. 저 독수리 밑에 우리가 있을 거야. 그리고 세상 모든 사람들로부터 달아나도 저 친구만은 피할 수 없을 거야."

이단의 말에 해석이 뒤통수를 긁적거리면서 어설프게 웃었다.

"대인, 뭐라고 불러야 하지요?"

"이단!"

이 말은 이단이 한 말이 아니다. 설아가 한 말이다.

이단을 제외하고 해석과 혜민은 놀라서 설아를 바라보았다. 몰랐었다. 설아가 그들과 함께 있다는 사실을 전혀 깨닫지 못하고 있었다. 분명히 설아와 함께 어제 노숙을 했다는 것은 알고 있는데, 날이 밝은 후 설아의 존재를 느끼지 못했던 것이다.

"대인이 아니라 이단이야. 낭왕 이단."

"언니는?"

혜민이 설아가 있다는 것을 깨닫지 못했던 사실을 얼렁뚱땅 질문하면서 넘어가려고 했다.

신기했다.

설아가 옆에 있다는 것을 몰랐단 말인가?

아니다.

눈으로 보고 있기 때문에 알고는 있었다.

알고는 있지만 조금만 정신을 다른 데 팔고 있으면 그것을 인식하지 못하게 된다. 눈으로 보면서도 없는 것처럼 생각하고 있었단 말이다.

"나는 설아."

"그리고 아저씨는?"

이 아저씨는 해석을 가리키는 말이다. 말을 못하는 해석은 다른 사람이 대신 대답해 줘야만 했다. 그리고 이번에는 설아가 아니라 이단이 대답해 주었다.

"해석. 저 친구는 해석이야. 그리고 아저씨라고 하면 기분 나빠해. 해석은⋯ 뛰어난 실력을 갖고 있지만 실력에 비교해서 꽤 젊은 나이니까. 아마⋯ 혜민 소저보다 몇 살 안 많을 걸."

"피이이."

혜민이 실망스런 표정을 지으며 고개를 흔들었다.

이단은 그게 왜 실망스런 표정인지 알 수 없었다.

"소저라고 하지 말고 그냥 혜민이라 불러줘요. 나는 열여섯. 아저씨는?"

이번에 아저씨는 이단이다.

"스물넷."

역시 이단 대신에 설아가 대답했다. 마치 이단과 혜민이 직접 이야기를 나누는 것을 싫어하는 것처럼 말이다.

"우와, 여덟 살 차이잖아! 그럼 아저씨가 아니네. 이 아저씨는?"

해석이 발을 굴렀다. 또 아저씨라고 해서 화가 났나 보다.

"해석은 열아홉. 그리고 나는 스물하나!"

혜민은 뚱한 표정으로 설아를 바라보았다. 그녀에게 물은 것이 아닌데 그녀가 답을 한다.

혜민의 그런 마음을 아는지 모르는지 설아는 이제는 해석과 대화하고 있었다.

"모두에게 말하고 싶었잖아요. 열아홉이라고. 그 모두에는 나도 포함되지 않아요? 당연히 내게 하는 말이니까 들을 수 있는 셈이지요."

해석은 어안이 벙벙한 표정으로 고개를 끄덕였다. 마치 동의를 강요받아서 억지로 그렇다고 말하는 것 같았다.

"이단은 키는 여섯 자에서 쪼끔 모자라고, 무게는 백육십

근이 쪼끔 넘어요. 그에 맞게 관을 짜면 될 거예요."

설아의 무미건조한 어조와 '쪼끔'이라는 대사가 안 어울렸다. 마치 애교라고는 하나도 모르던 사람이 억지로 애교를 부려보려고 하는 것 같달까?

혜민이 설아의 말이 맞느냐고 묻는 것처럼 이단을 바라보았다.

"정확하군."

이단이 고개를 끄덕였다.

"그런데, 아저씨. 아저씨랑 설아님이랑 무슨 관계?"

혜민은 이단이나 해석에게는 아저씨라고 하면서 설아는 이름을 불렀다. 그나마 이름만 부르기가 어색하니까 그 뒤에 님 자를 붙였다.

이단이 뭐라고 하기 전에 설아가 대답했다.

"부부."

이단의 표정이 굳어졌다.

혜민의 얼굴도 굳어졌다.

굳어진 혜민을 해석이 잡아끌었다.

이단의 얼굴이 굳어진 것으로 봐서 둘 사이에 무슨 일이 있을 것 같다. 하지만 그것은 둘 사이의 문제다. 괜히 남녀 간의 문제에 딴 사람이 끼어들었다가는 오히려 일을 그르치기 십상일 테고.

괜히 나이 열아홉에 개방 사결제자요, 당호법에 진판지의 오른팔인 게.아니다. 말을 못하니 당연히 입이 무거울 수밖에 없고, 눈치가 빠르니 상황에 잘 대처한다. 거기에 실력 또한 출중하니……

혜민이 뭐라고 하기 전에, 또 이단이 뭐라고 하기 전에 해석은 말 한 필과 혜민을 끌고 도강언현 성문으로 향했다.

간밤에 노숙을 했던 넓은 공터에 두 사람만 남았다.

"설아."

이단이 뭐라고 하기도 전에 설아가 서둘러 답을 했다.

"남들이 그러면 부부랬어요."

"설아, 부부라는 것은……."

"같이 먹고 같이 자고 같이 돌아다니고, 남자랑 여자가 둘이 계속 그러는 사람들을 부부라고 했어요. 보령에서 진판지 개방 당주가 그랬어요. 이단이 그랬잖아요. 상관없는 사람이 왜 거짓말을 하겠냐고."

전에 없이 설아가 언성을 높였다. 행여나 누가 가로채기라도 할까 봐 말을 자를 틈도 없이 쏟아낸다. 설아와 함께 지낸 일 년 동안 이런 경우는 처음이었다.

이단은 한숨을 내쉬면서 설명을 하기 시작했다.

"아니야, 설아. 사람이 잔다는 말에는 두 가지 뜻이 있어."

"어쨌든 우리는 같이 잤어!"

"안 잤어!"

이단이 소리를 질렀다.

푸드득.

어디선가 이단의 고함에 아침잠을 깬 새들이 놀라 날갯짓을 한다.

이단이 소리를 지르자 설아가 입을 다물었다.

이단은 몇 차례 씩씩거리던 숨을 고르면서 흥분을 진정시켰다. 겨우 진정이 되자 이단이 다시 차분한 어조로 말했다.

"설아, 우리는 안 잤어."

"잤어. 간밤에 잔 건 뭐야? 그럼 우리가 간밤을 뜬눈으로 지새웠어?"

설아가 계속 고집을 피웠다.

"간밤에는 잠만 잤어. 잠만 잤다고. 알아? 잠.만. 잤어. 껴안고 잔 것도 아니고, 손을 잡고 잔 것도 아니고, 그냥 각자 알아서 잠만 잤어. 같이 잤다고 할 때에는 잠만 자는 게 아니라, 남자와 여자가 둘이 서로 사랑을 나누면서 밤을 보냈다는 뜻이다. 잠만 잔 게 아니라 사랑을 나누었다! 그게 중요한 거야. 무슨 말인지 알아?"

이번에는 설아가 입을 다물었다. 그래서 다시 침묵의 시간이 만들어졌고.

"그럼 우리는 같이 잔 게 아니야?"

"아니야. 설아는 설아대로 잤고 나는 나대로 잤어. 그래서 이런 경우는 같이 잤다고 하지를 않아. 그냥 잠만 잔 거야. 나란히 누웠지만, '각.자.' 잔 거야. '같.이.' 잔 게 아니라고!"

"그럼 차가람과 이단은 부부야?"

순간적으로 이단을 말이 막혔다.

갑자기 그녀의 이름이 왜 나온단 말인가?

가슴이 저려왔다.

문득 그녀가 그리웠다.

분이 묻어날 것만 같은 하얀 피부가, 얼굴을 파묻으면 그대로 묻힐 것만 같은 풍만한 젖가슴이, 갈증 날 때 찾으면 언제나 감로수가 샘솟는 그녀의 빨간 입술이, 언제나 그를 부드러운 손길처럼 어루만지는 그녀의 눈빛이…….

이단은 고개를 저었다.

부부의 연을 맺기를 바랐지만 그렇게 되지 않았다. 참 얄궂은 인연이다.

이단은 화제를 돌렸다.

"그냥 잠만 자는 거는 부부가 아니야. 부부는 '같이' 잘 뿐만 아니라 서로 사랑을 나누는 사람들이야. 그리고 인생을 서로 의지하고 함께하는 사람이야."

"그럼 우리가 부부야!"

"왜?"

"같이 자지는 않지만 같은 장소에서 자고, 인생을 함께하잖아. 그리고 사랑도 나누고…….."

"하지만 나와 설아는 사랑을 나누지는 않잖아."

설아는 이단의 말을 끊기 위해서라는 것처럼 재빠르게 내뱉었다.

"설아는 이단을 사랑해."

이단도 잠깐 생각할 틈을 주지 않고 바로 대답했다.

"이단은 설아를 사랑 안 해."

이단의 망설임없는 한마디에 설아는 입을 다물었다.

또 침묵! 한참 만에 설아가 물었다.

"왜에?"

거두절미하고 던지는 한마디에 이단은 할 말을 잃었다. 사랑하지 않는다는데 무슨 이유가 있단 말인가!

"뭐가 왜?"

"이단은 왜 설아를 사랑 안 해?"

"설아, 사랑은 이유가 있는 게 아니야. 나는 설아를 사랑하기 이전에 이미 다른 사람을 사랑하고 있었어. 그리고 지금도 다른 사람을 사랑하고 있고."

다시 침묵.

"그년이지?"

이단은 깜짝 놀랐다.

설아가 지목하는 사람이 주왕 차가람이라서가 아니다. 설아의 입에서 '년'이라는 단어가 흘러나올 줄은 꿈에도 몰랐다.

하는 수련을 하는 거지. 그래서 가사(假死)이고, 그래서 몽습(夢習)이야."

"알아."

"가사몽습지혜는… 사람이 죽으면 영혼은 그동안 몰랐던 것을 알게 된다고 해. 그야말로 혜안이 뜨는 거지. 그것을 자극해서 깨닫지 못하던 것을 깨닫고 그것을 안고 다시 살아나는 거야."

"알아."

"그래서……. 하지만 가사몽습지혜는 위험해. 잘못하면, 어쩌면 내가 인도하지 않으면 안 깨어날 수도 있어."

"알아. 그렇더라도 해야 해."

"내가 도와주지 않아도?"

"응!"

"그러다가 정말로 깨어나지 못하면 어쩌려고?"

"차라리 안 깨어나는 게 나을 수도 있어."

잠시 침묵이 흐른 후 대답하는 설아의 목소리가 젖어들었다.

"사랑하는데?"

"뭐?"

"설아는 이단을 사랑하고, 이단은 차가람을 사랑하는데? 사랑하는 사람을 놔두고 안 깨어나도 돼?"

이번에는 이단이 할 말을 잃었다.

잠시 뜸을 들인 후에 이단이 입을 열었다.

"사랑하는 사람이니까 때로는 그 사람에게 짐이 된다면 차라리 없는 게 나을 수도 있으니까."

이번에는 설아가 입을 다물었고, 한참 후에 설아가 입을 열었다.

"엄마처럼?"

"무슨……?"

이단은 설아가 무슨 말을 하는지 알 수 없었다.

"설아의 엄마처럼? 엄마가 그랬어. 엄마는 설아를 사랑하기 때문에 함께 있을 수 없다고. 엄마가 곁에 있으면 설아의 맑은 영혼을 더럽히게 된다고."

이단은 뭐라고 말을 해야 할지 알 수가 없었다.

"이단도 설아를 사랑하기 때문에 안 깨어나도 된다는 거야?"

이단은 고개를 저었다.

"설아를 사랑하기 때문이 아니라 그 사람을 사랑하기 때문이야. 그 사람을 사랑하니까, 그 사람을 위해서, 그리고 그 사람에게 짐이 되지 않기 위해서 율갑혼정기를 완전히 깨닫지 못한다면 안 깨어나도 된다는 거야. 율갑혼정기의 부작용은 나를 미치게 만들 수도 있어. 미치느니 차라리 죽는 게 나아. 다시 한 번 말하지만 설아를 사랑하지 않기 때문이 아니야. 나는 너를 사랑하지는 않지만 그렇다고 미워하지도 않아."

꽤 오랜 시간이 흐른 것 같았다.

벌써 날이 훤하니까 말이다.

"이단, 굳이 가사몽습지혜를 통하지 않고서도 율감혼정기
는 완성될 수 있어요."

"뭐?"

이단은 입이 벌어졌다.

율갑혼정기의 부작용을 해결할 방법이 있단 말인가?

"율갑혼정기는 음양의 조화를 기초로 하는 내공술! 때문에
조화를 이루지 못했을 때에는 조화를 이루기 위한 자발적인
작용을 하게 돼요. 도덕률에 얽매인 세상 사람들은 그런 자연
스런 현상을 오히려 부작용이라고 부르지요. 하지만 그것은
부작용이 아니에요. 지극히 자연스런 현상이고, 자연은 그렇
게 되어 있어요. 음양이 조화를 이루도록! 그것을 우리는 생
존 본능이라고 하지요."

무슨 말인지 안다.

양이 넘치면 음으로 식혀야 한다.

이단은 양기를 쌓고 있기 때문에 음기가 필요하다. 그래서
여자를 찾는 것이고.

설아의 말은 간단하다. 원하면 취하라는 소리다. 이단은
설아의 말을 그렇게 받아들였다.

"하지만 인간은 자연에서 살아가는 게 아니라 인간끼리 모
여서 제도와 사회를 이루며 살아가고 있어. 그렇기 때문에 인

간이 사회 속에서 살아가는 이상, 그것은 부작용이 될 수밖에 없어. 인간은 자연에서 살아가는 게 아니거든."

"자오신서(子午神瑞)!"

"뭐?"

갑작스럽게 튀어나오는 말에 이단은 그것이 무슨 의미인지 깨닫지 못했다.

"자오신서와 취장휘기(就將暉氣)는 원래 하나였어요. 동전의 앞뒤와 같은 것이었지요. 하지만 그 심오한 의미에 사람들은 그 이치를 깨닫지 못했고, 제대로 익히지도 못했지요. 그래서 애초에 하나였던 그것을 억지로 둘로 나누어놓았어요. 익히기 쉽게. 한쪽에는 형(型)을, 그리고 다른 한쪽에는 의(意)를! 겉모양을 담은 게 취장휘기이고, 숨은 속뜻을 담은 것이 바로 자오신서예요. 대부분의 무공과 초식들이 그렇듯이 사람들은 뜻은 몰라도 동작은 배울 수 있잖아요. 마치 흔한 저급 무공처럼 그 둘은 그렇게 갈라섰지요. 이제 사람들은 형을 익히기 쉬워졌어요. 뜻은 몰라도 동작은 따라 할 수 있으니까. 이제 사람들은 취장휘기만을 익히기 시작했지요. 그렇게 의를 버리고 형만 익히게 되자, 전에 없던 고수들이 생겨나기 시작했어요. 그것도 한둘이 아니라 무려 여섯이나. 미련한 사람들은 도통 어디에 쓰는지 알 수도 없는, 그것이 왜 있어야 하는지도 모르는, 마음공부를 다루는 자오신서는 버려 버리고 힘만 다루는 취장휘기만 중요하게 여기게 되었지요. 이미 그것만으로도 초일류 고수의 반열에 올랐으니까. 그 덕분에 한 몸이던 자오신서와 취장휘기는 영원히 둘로 나누어지게 되었고 원래 한 몸이었던 반쪽은 세상 사람들로부터 잊혀지기 시작했어요."

이단은 무언가 가닥이 잡혔다.

자오신서가 뭐고 취장휘기가 무엇인지는 모른다.

하지만 하나가 형이고 다른 하나가 의라면, 어느 한쪽에는 율갑혼정기의 운기행공의 구결이 적혀 있을 것이고, 다른 한쪽에는 율갑혼정기의 부작용—양기가 뻗치면 음기를 취하려 드는 부작용을 극복하기 위한 조절법, 즉 율갑혼정기를 다스리는 심결, 심마에 빠지지 않는 비결이 있을 것이다.

광마가 늘 이야기했다. 사부가 마음공부가 그렇게 중요하다고 했었다고.

그 마음공부가 바로 자오신서이리라.

광마의 사부가 누구인지는 몰라도—뭐, 오마의 사부가 되겠지만—중요한 것은 결국 마음공부였다.

지금 이단의 고민 역시 그것이었다.

이성이 감정을 통제하도록 해야 한다. 흥분한 감정이 육체를 지배하도록 놔두어서는 안 된다. 결국 그것은 곧 마음공부로 귀결된다.

만약 설아가 이야기한 그것이 율갑혼정기의 다른 짝이라면?

이단은 조심스럽게 물었다.

"설아, 설아는 그것을 알고 있어?"

이단은 설아가 미소 짓는 것은 처음 보았다.

차가운 얼음 같은 미소일 줄 알았는데 아니었다.

마치 세상 근심 없는 아이처럼 환하게 미소를 짓고 있었다.

"몰라."

미소와는 다른 대답이 튀어나왔다.

"그건 술(術)이 아니야. 설아는 술만 알아."

이단은 한숨을 내쉬었다.

그럴 줄 알았다.

괜히 기대했던 자신이 잘못이다. 헛물만 켠 셈이다.

결국은 모른다.

그럼 방법이 없다.

이단이 처음부터 지금 그가 의존하고 있는 아미의 금정산수적하신령관의 세상심결을 완성시킨 상태에서 율갑혼정기를 수련했다면 지금보다 훨씬 좋은 상태일 수도 있을 것이다.

하지만 먼저 율갑혼정기에 눈을 떴고, 그것을 알기에 허겁지겁 엉성하게나마 마음을 다스리고 심마에 빠지는 것을 막을 수 있는 심법을 찾았다.

그래서 겨우 아미의 일절 사태로부터 얻은 것이 금정산수적하신령관의 세상심결이지만 결국 그것은 임시변통이다. 이제는 율갑혼정기가 더욱 크게 발달했고, 이에 반하여 마음을 다스릴 수 있는 방법을 깨닫지도 못했고 겨우 그 자리다.

지금이야 어떻게든 이성으로 색마가 되는 것을 막고 있지만, 언젠가는 세상심결로 막지 못할 때가 될 수도 있을 것이고, 그러면 음마나 요마, 또는 식마 대신에 이단의 이름이 세상 사람들 입에 오르내릴지도 모른다.

이가 없으면 잇몸이다.

자오신서를 구할 수 없다면 다른 방도를 찾아야 한다.

가사몽습지혜를 통해서 자신을 가사 상태로 빠뜨리고, 자유로운 영혼으로 그동안 이단이 깨닫지 못하고 있던 것―그것이 율갑혼정기이든 세상심결이든―을 깨달아서 부작용을 막을 수 있는 방법을 알아내야 한다.

최소한 신체가 가사 상태에 빠져 있는 동안에는 허튼짓은 안 할 것이다.

"그런데 이단."

설아의 목소리가 전처럼 냉정한, 사람 냄새가 아니라 물질의 느낌이 풍기는 그런 기계적인 목소리로 돌아가 있었다.

"목아가 보여주고 있는데, 문제가 생긴 것 같아요."

"무슨……."

"칼을 찬 남자들이 혜민을 끌고 가요. 해석이 막으려 하지만 말을 못하니까 소용이 없네요."

이단의 표정이 굳어졌다.

"칼을 찬 남자들?"

"웅. 모두 검은색 똑같은 옷을 입고 머리에도 똑같이 높은 관들을 썼네요. 아!"

"도관(道冠)인가?"

"맞아요. 이단이 저것을 도관이라고 가르쳐 주었어요."

청성파다!

여기가 도강언현이고, 도강언현이 청성파의 구역이라는 것을 까먹었다.

혜민은 도강언현에서 분탕질을 하던 흑도 도강자돈의 무리였고.

당연히 혜민의 얼굴을 아는 사람이 있을 것이고, 그들의 신고로 혜민을 잡으려는 것일 게다.

일이 급했다.

"설아, 거기가 어디지?"

설아는 입을 열었다.

그보다 먼저 이단은 설아를 안고 말에 올랐다.

"가면서 설명해! 길을 알려줘!"

벌써 두 사람을 태운 말은 달리기 시작했다.

"직진. 우선 길을 따라 쭉 가서 성을 통과해요."

이단의 품에 안긴 채로 설아는 냉정한 목소리로 말했다.

하지만 설아는 지금 이 순간이 행복한 것처럼 미소를 짓고 있었다.

第三十七章
어무이, 어무이…

狼王

　해석은 혜민을 등 뒤로 감추고 손에 잡히는 아무거나 집어
들었다.

　타구봉이 딱 적당하겠지만, 이단을 추격하기 위해 거지 차
림을 포기하는 마당에 타구봉을 들고 다닐 수는 없는 일이다.
그러면 결국 나는 개방 사람이라고 광고하는 꼴이니까 말이
다.

　해석은 빈손이었고, 그래서 얼결에 눈에 보이는 대로 집어
든 것이 빗자루였다. 대나무 자루에 싸리나무 가지를 엮어서
만든 빗자루.

　해석은 빗자루 쪽을 앞으로 해서 손잡이인 대나무 자루를

잡았다.

"네놈도 청성산 산적의 패거리로구나!"

도사 중 한 명이 소리쳤다.

"두 연놈을 다 잡아서 압송하자!"

다른 도사가 소리쳤다.

젊은 도사들이 일제히 달려들었다.

해석은 빗자루를 휘둘렀다.

검과 충돌하면서 빗자루는 그때마다 뭉텅뭉텅 잘려 나갔다.

그래도 조금은 효과가 있었다.

잘려 나가도 수십 발의 빗자루 가닥이 상대를 찔러가니 함부로 달려들지 못했고, 검이 아무리 날카롭다 해도 한꺼번에 모든 것을 싹둑 잘라낼 고수는 개중에 없는 듯했다.

해석은 혜민을 보호하면서 계속 몸을 움직였다.

이리 뛰고 저리 막으면서 시장 골목을 누볐고, 도사들은 쉼 없이 두 사람을 압박했다.

해석은 열심히 그들을 뿌리치며 달아났지만 조금씩 그들을 막는 도사들은 많아졌다.

그러다 보니 빗자루는 결국 운명을 다했다. 그런데 빗자루가 운명을 다하다 보니 남은 것은 대나무 손잡이뿐이다.

"놈! 한 수 감추고 있는 것이 있는 듯하더니 결국은 그 꼴이구나!"

그의 주위를 여남은 명의 도사가 에워쌌다.

해석은 들고 있는 대나무 손잡이를 멍하니 바라보았다.

익숙한 무게, 익숙한 크기, 익숙한 느낌이다. 우연히 얻게 되었지만 지난 십여 년간 그가 다뤄오던 것과 너무나 흡사한 형태가 되어버린.

그사이 그들은 완전히 포위되었다. 이제는 더 이상 달아날 방법이 없었다.

"나 때문이에요. 내가 죄를 지어서 그래요. 해석 아저씨, 괜찮아요. 나만 가면 되니까."

더 이상 방법이 없다고 생각했는지 혜민이 해석의 등 뒤에서 나왔다.

"도사님들, 저 아저씨는 상관없어요. 자돈패에 있던 사람은 나뿐이니까. 나도 팔려 간 것이지만 자돈패에 있었다는 것은 사실이니까."

혜민의 말에 도사들이 낄낄거렸다.

"어찌 된 것이 사내는 뒤로 숨고 계집이 주둥이를 나불대나? 저러고 무슨 노략질을 했나 몰라."

"도사님들, 이 아저씨는 말귀는 알아들어도 말은 못해요. 그러니 그냥 보내주세요."

혜민은 사정을 했다.

"그러다가 가서 자돈인가 암퇘지인가를 불러오려고?"

이제 궁지에 몰았다고 생각이 되는지 도사들은 기고만장

해서 소리쳤다.

"네년을 지키겠다고 저렇게 설치는데 그 말을 어떻게 믿나?"

"궁하게 되니까 변명을 하는 게 너희들의 대표적인 술수 아니냐!"

"왜? 저놈이 네 기둥서방이라도 된다던?"

"어쨌거나 한패다. 다 같이 끌고 가서 고문을 해보자. 그러면 무슨 답이 나오겠지."

도사들은 즐거웠다.

청성산의 밑자락에 언젠가부터 도강자돈이라는 흑도인이 자리를 잡았다 한다.

도관(道觀:도교 사원)으로 찾아오는 신도들이 모두 그 때문에 걱정들이다.

처음에는 좀도둑 수준으로 생각했는데 그게 아니었다. 십여 명이나 되는 무리에 폭행까지. 게다가 그들이 하는 행적이 반인륜적인지라 결국 청성산에서는 그들을 소탕하기로 결론을 내렸는데…….

문제는 추적이다. 놈들을 쉽게 잡을 수가 없었다. 놈들은 다른 수적이나 산적처럼 길목을 끼고 앉아서 분탕질을 하는 것이 아니라 여기저기 제들 마음에 드는 곳을 돌아다니며 일을 벌였기 때문이다.

수괴 도강자돈은 비둔한 체구와는 달리 나름 머리가 비상한 듯했다. 그래서 놈들이 나타났다는 소리를 듣고 도사들이 산을 내려가 보면 벌써 놈들은 희생자를 만들어놓고 달아난—달아났다기보다는 일을 끝내고 철수한—후였다.

결국 알아낸 것은 놈들 무리의 수법과 인상착의 정도다.

그들이 도강자돈의 무리라는 것을 안 것도 그때부터다.

그러던 중에 도강자돈 무리의 미끼인 계집이 무슨 용기를 내서 도강언현까지 들어섰단다.

마침 도강언현 안에 개설되어 있던 청성파의 도관에 연락이 갔고, 그들은 미끼를 잡는 쾌거를 이루려는 참이었다.

도사 하나가 혜민을 잡기 위해 손을 뻗었다.

순간, 도사의 손이 혜민을 잡기도 전에 그녀의 몸이 뒤로 딸려갔다.

해석이 잡아당긴 것이다.

그와 동시에 그가 뛰쳐나왔다.

대나무 자루를 휘두른다.

따다다다!

경쾌한 타격음이 울린다.

작달막한 키에 마른 총각이 춤을 추기 시작했다.

도사들이 움직였지만 마른 총각 해석의 빠른 몸놀림을 잡을 수가 없었다. 게다가 때맞춰 움직이는 대나무 자루. 마치 독사가 먹이를 낚아채듯이 재빨리 독니를 뻗어서 한 번 물고는 독이 퍼지기를 기다리는 것처럼 대나무 몽둥이를 움직였다.

춤이다. 그것은 하나의 빠르고 경쾌하게 움직이는 연무였다.

해석은 혜민을 가운데 두고 빙빙 돌면서 대나무 자루를 휘둘렀다.

대나무 자루는 해석에게 딱 맞았다.

그가 평소 수련하던 타구봉의 크기랑 무게가 거의 일치했다. 마치 신병이라도 얻은 것처럼 해석은 빠르게 몸을 놀리면서 움직였다.

개방이 자랑하는 취리건곤보(醉裡乾坤步)에 십팔타구봉법(十八打狗棒法)이 여한없이 펼쳐졌다.

해석은 신이 났다.

이렇게 신이 난 적이 여태껏 없는 것 같았다.

가슴속에 막혔던 응어리가 한꺼번에 터져 나갔다.

"미친개가 제 꼬리만 쫓는다. 광구견미(狂狗見尾)! 꽃가지로 개를 쫓는다. 규화타구(叫花打狗)! 내가 배를 곯으니, 그것을 알고 개가 오줌을 지린다. 아구흘뇨(餓狗吃尿)!"

해석은 신이 나서 소리쳤다.

망설임없이 신형을 날리면서 타구봉을 휘둘렀다.

"받아라, 황구복천(黃狗伏天), 사각난붕(四脚亂崩)이다앗!"

해석은 좀 전의 해석이 아니었다.

흔히 사람들이 이야기하는 동에서 번쩍, 서에서 번쩍이는 고수였다.

신법만 고수가 아니다.

타구봉을 휘두르는 데 막힘이 없었다.

무엇보다 해석이 말을 하고 있었다.

마치 아직 변성기가 지나기 않은 소년의 맑은 목소리 같은 음색으로 해석은 자신이 펼치는 초식을 해설하면서 신이 나서 외치고 있었다.

혜민은 동서로 신형이 난무하는 해석을 멍하니 바라보았다.

상황은 종료되었다.

도사들은 모두 검을 떨어뜨리고 바닥에 쓰러졌고, 그 중심에는 해석과 혜민이 서 있었다.

빙 둘러서서 그들의 싸움을 구경하던 사람들은 해석의 눈빛을 받자 움찔거리면서 뒤로 물러났다.

혜민이 누구인지 아는데 해석도 같은 패라고 생각하는 중이다.

게다가 청성파의 도사들을 여남은 명이나 한꺼번에 쓰러뜨리는 고수인데.

"아저씨, 말… 할 줄 알아?"

혜민이 머뭇거리며 물었다.

"어?"

해석이 놀라서 물었다. 놀라서 묻다가 해석은 자기 목소리를 들었다.

"어……."

해석은 멍한 표정으로 혜민을 바라보았다.

"말이… 나온다……!"

해석이 환한 얼굴로 웃기 시작했다.

"입이 터졌다. 말이 나온다! 입이 터졌어! 말이 나온다고!"

해석은 지나가는 사람을 붙잡고 말을 하기 시작했다.

"아저씨, 내 말 들리지? 나, 말이 터졌어! 내 목소리 어때? 요호~! 아가씨, 내 목소리 매력적이지 않나용? 아아, 내 목소리가 이러네! 내가 말을 해! 여러분, 내가 말을 해요! 내 목소리가 들리시나요?"

해석이 소리쳤다.

"그만해라, 해석."

뒤늦게 현장에 도착한 이단이 말했다.

"낭왕!"

해석이 웃어 보였다.

끄덕.

"축하한다."

"낭왕!"

이번에는 해석이 다시 고개를 끄덕였다. 고맙다는 뜻이다.

"말과 수레, 관은?"

"이제부터 사야지요. 홍정은 내가 하겠습니다. 내가 할 테니까 다들 뒤로 물러나 있어요."

"그러지. 그런데 타고 갔던 말은?"

해석이 머뭇거렸다.

"어, 오우~! 그걸 어디서 흘렸더라?"

해석의 한번 터진 입은 닫히지 않았다. 마치 지난 십여 년간 못다 한 말을 한꺼번에 쏟아내는 것 같았다.

"해석 아저씨! 원래는 말을 했었어? 처음부터 벙어리가 아니었던 거야? 그런데 어쩌다 말을 못하게 되었던 거야? 그런데 어떻게 터졌지?"

순간 해석의 머릿속으로 지난 십여 년의 일들이 한꺼번에 지나갔다.

*　　　*　　　*

운남을 휩쓸고 있던 백련교도의 민란은 해석의 집을 피하지 않고 덮쳤고, 해석은 그 풍파의 한가운데 있었다.

해석의 가족들은 부잣집은 아니었지만 나름 세상을 열심히 일하고, 한 푼 두 푼 모아서 꿈을 일구던 사람들인 것은 사실이다.

아부지, 어무이, 형과 해석, 그리고 동생.

한마디로 단란한 가족이었다.

그런데 아부지는 해석의 바로 밑의 동생 얼굴을 봤던가?

봤던 것 같다. 아마 봤을 것이다.

그러다가 민란에 휩싸여 산으로 끌려갔고, 그 뒤로 못 본 것 같다.

해석의 집에 소가 있던 게 문제였다.

그 소도 아부지가 몇 년을 겨우내 짚을 엮고 나무를 해가며 모은 돈으로 마련한 것인데…….

기억난다. 소를 사 온 날, 아부지는 작게나마 잔치를 벌였다.

소가 있으니 더 큰 논과 밭을 갈 수 있게 되었고, 더 넓은 논밭을 갈 수 있으니 더 많은 곡식을 수확할 수 있다고 말이다.

해석의 아부지와 어무이는 좀 억척스런 사람이었다.

아부지는 가을에 수확한 쌀을 바로 안 팔고 겨울까지 참았다가 봄이 되어서 배는 되는 값에 팔았다.

가끔 마을 사람들이 아부지한테 돈을 꾸러 오기도 했다. 봄이 되었을 때, 소작인 마을에서 아직 쌀이 있고 돈도 있는 집은 우리 집밖에 없었으니까.

그래도 어무이는 기운 옷을 또 기워 입는 것을 당연하게 여기던 분이었다. 아부지가 저렇게 버는데 어떻게 함부로 쓰냐고. 그렇게 돈을 아끼고 절약하던 사람이 아부지와 어무이였다.

그렇게 억척스럽게 돈을 모아서 아부지는 드디어 소를 샀다.

소를 산 날, 그래서 잔치를 벌이던 날, 아부지는 어무이에게 자랑스럽게 말했다.

"마누라 데려올 때 내가 십 년 안에 소를 사서 열 마지기 농사를 짓겠다고 그랬지? 보라고. 큰애가 아직 여덟 살인데 소를 샀네."

마을 사람들도 이구동성으로 말했다.

"해석이네 이제 금방 부자 되겠네~!"

다섯 살의 해석은 이제 곧 자기네가 부자가 될 줄 알았다.

정말로 그렇게 될 거라고 생각했다.

그리고 마을 사람들도 진심으로 그렇게 생각하기 때문에 그런 소리를 하는 줄 알았다. 당시 다섯 살짜리 꼬마는 그렇게만 생각했다.

그런데 그로부터 며칠 뒤 그 마을로 백련교도들이 들이닥쳤다.

놈들은 제 딴에 민심을 살핀답시고 마을에서 가장 부자인 집—옘병할! 십 년을 고생해서 바로 며칠 전에 소 한 마리를 장만했건만—을 찍어서 그 집만 털었다.

다섯 살짜리 해석은 울며 매달렸지만, 마을 사람들 아무도 안 말렸다. 다들 못 본 척……

가장 큰 집으로 한 집만 턴다고 했으니 털려도 그 집만 털릴 것이고, 그러면 나머지 집들은 안전하니까.

소 있는 해석의 집은 털려도 자기 집은 안전할 테니까.

소도 있는 집인데 뭐 어떨까!

그러게 누가 소를 사래?

잔치에서는 그렇게 잘만 처먹던 사람들이 해석의 집이 털리는 동안 모여서 그렇게 수군거렸다.

백련교도들은 화가 났다. 털어도 나오는 것이 없으니까 화가 날밖에.

하기야 십 년 모은 돈으로 엊그제 소를 샀는데 돈이 나올 리가 없지.

그래서 소를 끌고 갔다.

아부지는 매달렸다.

그 소가 어떻게 장만한 것인데 그러냐고. 그게 그들의 전 재산이라고.

그러자 그들은 아부지마저 끌고 갔다.

아부지는 그렇게 그날부로 안 보였다.

그때부터 어무이 혼자 삼 형제를 먹여 살려야만 했다.

동네 사람들은 아부지 제사를 모시라고 했지만, 어무이는 아부지는 금방 오실 거라고 했다.

그리고 해석은 어무이의 말을 믿었다.

마을 사람들은 그런 어무이를 억척같은 년이라고 욕을 했다.

하지만 다행히도 다른 곳에 사는 지주는 아부지가 소작을 짓던 논을 계속 빌려 짓게 해주었고, 그 덕분에 겨우 입에 풀칠을 할 수 있었다.

마을 사람들은 또 그게 마음에 안 들었나 보다. 지주가 해석의 어무이를 버리지 않고 계속 소작을 주는 것이 말이다. 뒤에서 수군거리기까지 했다. 밭을 빼앗기지 않기 위해 다리를 벌렸을 것이라고. 처음에는 추측이었지만, 한두 사람의 입을 거치니까 어느새 그것은 당연한 사실이 되어버렸다.

하지만 아니다.

지주는 알고 있었다. 왜 아부지가 끌려갔는지. 측은지심에 소작을 하게 놔둔 것이 아니다. 그도 장사치인데 손해 보는 장사를 할까! 애초에 억척스런 어미와 아비였으니, 죽자 사자 매달릴 것이 틀림없다. 노동의 질이 떨어지면 양으로 때울 것이다. 어떻게든 입에 풀칠하려고 매달릴 것이 틀림없기에 누구보다 소출이 많을 것이다.

그래서 그들 일가는 밭을 안 빼앗기고 계속 농사를 붙일 수 있었다.

어무이는 이제 막 출산을 한 상태로 밭일을 나가야 했고,

형도 나가서 어무이 일을 도와야 했다. 그래서 아기를 돌보는 일은 해석의 차지가 되었다.

덕분에 해석은 바로 밑에 동생을 돌보는 데 이골이 났고.

그렇게 세월이 흘렀다. 이 년여…….

마을로 또 백련교도들이 들이닥쳤다.

전에는 가장 부유한 집—소가 있는 집을 노리더니, 이번에는 가장 힘이 없는 집—그것도 아비가 없는 집을 노렸다.

마을 사람들은 이번에도 해석네 집을 지목했다.

백련교도들이 아비 없는 집을 노리는 이유는 뻔했다. 당시는 몰랐지만 말이다.

목적이 달라서다. 전에는 돈이 궁하고 먹을 것을 필요로 했지만 지금은 화를 풀기 위해서다.

결국 집에서 해석은 동생을 등에 업은 채 쫓겨났고, 형은 끝까지 저항하다가 게거품을 물고 마당에 자빠졌다.

그리고 형을 껴안고 흔들던 어무이는 놈들 손에 집 안으로 끌려 들어갔다.

어무이는 비명을 질러댔다.

해석은 동생을 업은 채로 마당 한가운데 서서 울었다.

동생도 울어댔다.

둘은 어무이의 비명 소리를 감추려는 듯이 자지러지게 울기만 했다.

하지만 마을 사람들은 여전히 구경만 하고 있었다.

아이들이 우는데도, 소년이 거품을 물고 기절을 했는데도 문 앞에 죽 늘어서서 구경만 하고 있었다. 저희들끼리는 뭐 재미있는 일이라도 있는 것처럼 수군거리면서 말이다.

마을을 습격했던 백련교도들은 가고 마을 사람들은 다시 일상으로 돌아갔다.

어무이는 한 며칠을 앓다가 일어났다.

그동안 해석은 고사리 같은 손으로 죽을 끓였다. 쓰러졌던 형이 바로 일어나지 못했기 때문이다.

일어난 어무이는 오랜만에 하얀 쌀밥을 해서 가족들이랑 둘러앉아 먹었다.

어무이가 하얀 쌀밥을 하니까 냄새가 동네에 퍼졌다.

그때까지 그들 집에는 얼씬도 않던 마을 사람들이 수군거렸다.

"아니, 저 쌀은 또 어디서 났을까?"

"놈들이 주고 간 거 아니야?"

"왜?"

"화대(花代)~!"

당시만 해도 해석은 꽃값이라는 것이 무슨 말인지 몰랐다.

마을 사람들이 왜 어무이를 '화냥년'이라고 욕하는지도 몰랐다.

하지만 이제는 알 수 있다.

처음에는 어무이와 아부지의 억척스러움에 시샘이 나서 욕을 했고, 그래서 그 샘에 아부지를 지목했다.

다음에는 죄책감에 어무이를 지목했고.

이제는 죄에 죄를 더하니 그것을 감추기 위해 어무이를 욕해야 했다.

그게 어무이, 아부지의 팔자이고, 한 번 당한 집은 또 당해도 괜찮다는 생각이다. 당하는 집이니까 또 당하는 법이고, 한마디로 재수없는 집이라는 뜻이다.

마을 사람들 모두가 공범이다.

모두가 공범이니 모두가 죄가 없다. 하지만 죄는 있으니 누군가는 죄인이 되어야 한다.

모두가 죄인이 되느니 어무이 하나만 죄인이 되는 게 쉬웠다.

원래 어무이의 행실이 그랬다는 둥, 좋아서 소리를 질렀다는 둥, 그런 소리를 저희들끼리 지어서 다녔다.

그러다가 어무이가 배가 불러오기 시작했다.

마을 사람들은 또 수군거렸다.

저 애가 누구 애냐고.

하지만 어무이는 마을을 떠나지 못했다.

이제 곧 수확기이기 때문이다.

결국 어무이는 아침에 해산을 하고, 그날 낮에 몸을 제대로 풀지도 못한 채 논으로 수확하러 나가야 했다.

안 거두고 있으면 마을 사람들이 거두어갈 테니까 말이다.

어무이는 그 햅쌀로 떡을 했다.

그래서 마을 전체가 밥 짓는 냄새로, 떡 찧는 소리로 진동을 했고. 어무이는 떡을 찧으면서 말했다. 이 냄새와 소리가 동구 밖에 재 너머까지 나게 해달라고.

그리고 어무이는 떡을 마을 사람들에게 골고루 나눠 주고는 핏덩이를 안고 마을을 떠났다.

어무이는 어무이가 만든 떡이지만 우리에게는 그 떡을 안 먹였다.

나중에 이야기를 들었다.

어무이가 우리를 안고 마을을 떠난 날, 바로 그날 밤에 마을에 다시 백련교도들이 들이닥쳤는데, 마을 사람들 아무도 일어나지 못했다고 한다.

몸에 힘이 없어서 다들 누워만 있었단다.

백련교도들은 마을 전체를 털었다 한다. 우리 집이 없어서였을까? 그건 모르겠다. 여하튼 마을 전체를 털었고…….

집을 털어도 일어나서 말리는 사람 하나 없었단다. 아니, 일어날 기운조차 없었단다.

마을 전체를 털었는데 소 한 마리도 안 나오니까 아예 백련교도들은 마을 전체에 불을 싸질렀다고 한다.

그제야 겨우 사람들은 불길을 피해 기어서 달아났는데, 겨우 기어나오느라 아무것도 건진 게 없었다고 한다.

밥 짓는 냄새와 떡 찧는 소리에 몰려왔던 백련교도들에게 마을은 통째로 거지 소굴이 되어버렸단다.

십 년 가까이 운남을 뒤흔드는 백련교도의 난은 많은 이재민들을 만들어냈다.

그 속에 해석의 어무이와 형, 동생들도 끼어 있었다.

해석의 어무이는 자식들을 데리고 운남을 떠나 사천으로 향했다.

운남은 산악이 많은 데 반해 사천은 분지가 많았다. 운남은 전란 때문에 기아에 직면해 있지만, 사천은 원래부터 물산의 집산지. 모이는 곳일 뿐만 아니라 애초부터 많이 생산되는 곳이기도 하다. 오죽하면 사천에 기근이 들면 중원 전체가 흉년이라는 소리가 있을까!

그래서 아부지를 기다리며 몇 년을 버티던 해석의 어무이도 결국 집을 버릴 결심을 했고, 지나가는 이재민을 따라 고향을 등졌다.

그때 해석은 일곱 살이었지만, 세 살짜리 동생을 업고 가야만 했다.

어무이는 채 탯줄이 마르지도 않은 핏덩이를 등에 업고 머리에 짐을 이어야 했고, 열 살짜리 형은 어무이를 도와 짐을 저야 했기 때문에 세 살짜리 동생을 맡을 사람은 이제 겨우 일곱 살인 해석밖에 없었다.

하지만 해석은 동생을 돌보는 데에는 자신있었다.

다섯 살 때부터 갓 태어난 동생은 그의 몫이었으니까 말이다.

세상 참 잔인하기도 하지, 해석의 가족들이 섞여 있던 이재민을 또 백련교도들이 덮쳤다.

어무이는 해석을 나뭇등걸 속에 감추고 해석에게서 동생을 받아 안았다.

어무이는 가장 먼저 형을 도망치게 했다.

너는 힘이 좋으니까 가라고 했다.

어무이는 또 해석에게 말했다.

여기에서 소리를 내지 말고 있으라고.

소리를 내면 죽는다고.

어무이는 저쪽에 숨어 있다가 이따가 조용해지면 올 거라고.

그리고는 나뭇등걸을 무엇으로 가렸다.

깜깜해졌다.

해석은 조용히 있었다.

혼자였다.

바깥이 아무리 소란스러워도 해석은 조용히 있었다.

어무이가 조용히 있으라고 했으니까.

조용히 있으면서 생각했다.

이게 내가 힘이 없어서 그래. 내가 힘만 좋으면 그놈들 다 쓸어버릴 수 있을 텐데. 힘만 있으면 어무이를 지켜줄 수 있을 텐데…….

해석은 소리를 내지 않고 기다렸다.

그리고 어무이가 오기만을 기다렸다.

얼마나 시간이 흘렀을까, 누가 해석을 흔들었다. 깜빡 잠이 든 것이다.

거지다.

"아이야, 아이야, 괜찮으냐?"

해석은 조용히 있었다.

"말을 해보거라. 네 엄마는 어디 있니?"

어무이가 소리를 내지 말고 있으라고 했다. 소리를 내면 죽는다고.

"아이야, 말을 못하니? 말은 못해도 들을 수는 있니?"

해석은 고개를 끄덕였다.

고개를 끄덕여도 그건 소리가 안 나니까.

"아이야, 이 할아비랑 가자꾸나. 이 할아비가 많이 먹이지는 못해도 굶지는 않게 해주마."

거지는 해석을 안았다.

거지는 그곳에서 유일한 생존자가 해석이라고 말했다.

그곳을 떠나면서 해석은 보았다.

한 아이를 안고 또 핏덩이 아기를 업은 여인네의 시체를.

해석은 그건 어무이가 아니라고 생각했다. 어무이는 곧 올 거다. 그때까지 조용히 있으면 된다. 어무이는 꼭 올 거야.

그게 해석과 노도개 진판지의 첫 만남이었다.

해석은 진판지의 때늦은 제자가 되었다.

형식상 오결이지만 칠결의 장로가 되기에도 충분한 진판지였기에 개방에서 진판지의 위치는 상당히 높았다.

오결이 당주이고, 육결이 법개, 칠결이 장로다.

진판지는 비록 오결의 당주이지만 항상 문제가 되는 곳에 파견되는 당주였다. 육결 법개는 중앙—개방 총타에서 선출하는 사람으로 주로 개방 내의 문제와 분쟁 해결을 다루니 지구당에서 벌어지는 개방과 밖의 문제를 해결할 수 없고, 장로가 문제의 지역으로 가면 그것은 더 이상 지엽적인 문제가 아니라 개방 전체의 문제가 된다. 그럴 때 그 지구당의 당주로 가는 사람이 바로 진판지였다. 육결 법개부터는 총타 사람이고, 지방 분타 사람으로 최고가 오결 당주다.

그래서 실제로는 칠결 장로 급의 대우를 받는 사람이었고. 최소한 사천 일대에서는 개방 서열 다섯 손가락 안에 들어가는 사람이었다.

덕분에 해석도 덩달아 올라갔다. 칠결 장로의 대우를 받는 오결 당주의 제자이니 당연히 그에 걸맞은 대우를 해줘야 할 것 아닌가!

게다가 말을 알아들어도 말을 못하는 해석의 특성이 그를 더욱 중하게 쓰게 만들었다.

해석은 진판지를 따라다니며 열심히 무공을 연마했다.

하지만 진판지의 옆에 있는 한 쓸 일이 없었다.

진판지는 모든 일을 수월하게 해결했다.

되도록이면 말로 해결했고, 힘보다는 정으로 해결했다. 상대는 화를 내다가도 진판지의 넉살 좋은 웃음에 결국은 분을 참고 넘어가곤 했다. 진판지가 가는 곳에서는 언제나 그렇게 일들이 해결되었다.

일이야 많았지만 해석이 나서야 할 일은 없었다.

해석은 분타주도 못해보고 당호법이 되었다.

말을 못하니 분타주를 할 수 없었다.

하지만 해석은 진판지를 보좌하니 최소한 분타주랑 같은 자리에 앉을 수 있는 계급이나 자격이 주어져야 했다. 그리고 실력은 충분하다고 생각했는지 진판지는 해석에게 네 개의 매듭을 묶어주었다.

사결이면 당호법이다.

해석은 이결 개목에서 삼결 분타주를 겪지 않고 바로 사결 당호법으로 올라섰다.

그리고 진판지를 따라 보령현으로 나갔다.

두 사람이 보령현에 자리 잡은 지 오 년이 다되어간다.

그리고…….

해석이 진판지를 따라다닌 지 십여 년 만에 처음으로 해석은 진판지의 곁을 떠나 먼 거리 여행을 하게 되었다.

그것도 민산에서 아미산까지. 사천을 거의 절반 이상 북에서 남으로 가르는 꼴이다.

해석은 처음으로 지켜야 할 사람이 생겼다.

그리고 익힌 무공을 처음으로 펼칠 기회가 생겼다.

해석은 원없이 펼쳤다.

보법과 봉법이 끝없이 풀려 나왔다.

해석은 가슴속으로 소리쳤다.

어무이, 이제 내 한 몸, 내가 지킬 수 있어요. 어무이도 지킬 수 있어요. 소리를 죽여가며 숨어 있을 필요 없어요! 어무이, 내가 지켜드릴게요!

"으허엉! 어무이, 어무이……."

열아홉 살의, 키는 작지만 다 큰 총각 해석은 바닥에 털퍼덕 주저앉아서 엄마를 부르짖으며 통곡했다.

*   *   *

이단은 관에 드러누웠다.

"에에, 그럼 뚜껑을 닫겠습니다아."

해석이 말했다.

이단은 모든 힘을 다 짜내서 고개를 끄덕였다.

이미 그는 가사 상태로 접어들고 있었다. 그래서 고개를 끄덕이는 것만도 모든 힘을 다 짜내야만 했다.

관이 닫히는 소리가 멀리서 울리는 메아리처럼 느껴졌다.

이단은 심장 박동이 느려지는 것을 느꼈다.

손발이 차갑다고 생각되었다.

그리고 이단은…….

어느새 관에 누워 있는 자신을 보고 있었다.

관을 실은 수레는 남으로 움직이기 시작했다.

자신이 누워 있는 관, 관이 실린 수레, 수레를 끄는 말과 어자석에 앉아 있는 해석, 그 뒤에 설아, 그리고 혜민…….

이단은 자신과 그 사람들이 멀어지는 것을 보고만 있었다.

第三十八章
차, 포를 떼어놓았단 말이지!

"누님, 사군회의를 한다는데?"

장홍학의 말에 장홍란은 손을 멈추고 뒤를 돌아보았다.

갑자기 또 무슨 사군회의란 말인가?

지난번에도 말이 사군회의였지 실제 군(君)은 완당군과 전노군 두 사람밖에 없었다. 하기야 아직 건재한 군도 사군 중에서 세 사람밖에 안 되지만 말이다.

장홍란은 고개를 저었다.

"아씨께서는 공자께서 가시는 것이 좋을 것 같다고 하십니다."

"아, 나야 좋지요!"

당황해할 줄 알았던 장홍학은 얼씨구나 하고 받아 챙겼다.

"이참에 나도 강호에 등단하는 거군요. 그것도 사군회의 로. 앗싸아!"

신이 나서 소리치며 나가는 장홍학을 장홍란은 어이없다는 표정으로 바라보았다.

"정말 구김이 없는 도련님이시라니까요. 보고 있으면 절로 흥겨워져요."

말을 꺼내던 모용정이 조용히 입을 다물었다. 장홍란이 불만이 가득한 눈으로 그녀를 노려보고 있었기 때문이다.

모용정은 얼렁뚱땅 손에 들고 있던 장부를 확인하는 척했다.

"어디 보자, 빠짐없이 다 챙긴 듯합니다."

모용정의 말에 장홍란은 고개를 끄덕였다.

이제 다시 검각으로 돌아갈 생각이다.

검후의 장례도 치렀고, 장홍학이 와서 정무련의 청문궁도 대충 정비가 끝이 났다. 이제는 검각을 단속할 때다. 생각해보니 짧은 기간에 많은 일이 있었다.

용문을 어떻게 방출하게 되었으며, 그것이 왜 부득이한 일이었는지, 살인 사건에 대한 조사는 어떻게 진행되고 있으며 그 후속 대책은 무엇인지 장로들에게 이야기할 차례다.

일 년여 세월 동안 공석이었던 검각의 각주 자리도 정리를 해야 할 때다. 능검후가 죽고 나교도 방출되었으니 새롭게 체제도 정비해야 하고…….

검각으로 돌아가면 할 일이 많았다.

아무래도 한동안은 쉽게 못 내려올 것 같았다.

이젠 정무련에 미련 같은 것도 안 남았다.

아버지가 만든 정무련, 그리고 그녀의 생명의 은인이 있는
정무련…….

"갈왕과 나교도 돌아왔으니 곧 낭왕도 올 텐데, 그냥 가도
되겠어요?"

모용정의 질문에 장홍란은 한차례 유모를 째려보는 것으
로 대답을 대신했다. 그 많은 이야기를 다 놔두고 하필이면
그 질문을 꺼낸단 말인가?

준비가 끝이 났다. 끝이 났으니 굳이 미룰 필요도 없었다.

"바로 출발하시겠습니까?"

모용정의 질문에 잠깐 생각을 하던 장홍란은 고개를 저었
다.

사군회의의 의제가 무엇인지, 무슨 이야기를 나누었는지
듣고 가도 늦지 않을 것 같았다.

*   *   *

"멈춰라!"

정무전의 정문을 지키던 위사가 굵은 목소리로 안으로 들

어가던 청년을 제지했다.

장홍학은 자기보다 덩치가 큰 위사를 위아래로 노려보았다.

"뭐?"

장홍학의 기세에 위사는 순간적으로 머뭇거렸다.

"쓰읍."

치열 사이로 쉰 소리를 내고는 장홍학은 위사를 통과하려 했다.

"어허!"

위사들은 뒤늦게 제 본분을 깨닫고 창으로 입구를 가렸다.

"함부로 어딜 들어가려는 거… 요!"

위사는 다른 쪽을 가리켰다. 행동은 그래도 벌써 말투가 달라졌다. 이미 기세에서부터 장홍학에게 밀리고 있다는 뜻이다.

장홍학은 위사가 가리키는 방향을 힐끔 바라보았다.

문이 다르다.

정문은 련주를 비롯하여 고위직이 이용하고 일반 위사나 병, 무사들은 정문이 아니라 그 옆에 나 있는 쪽문을 이용한다.

그것을 통제하는 것이 이 위사의 역할이다.

"콱!"

장홍학이 허리에 손을 가져갔다. 순간적으로 검이 찰칵거리는 소리가 울렸다.

"여기 정무전이지?"

"그, 그렇소만······."

장홍학의 기세에 눌린 위사들이 주눅이 든 목소리로 대답했다.

"지금 사군회의 열리지?"

"마; 맞습니다."

"정무련 사패의 사군이 모이는 회의가 사군회의지?"

"맞습니다."

"그러니까 똑바로 해!"

"예!"

"알았어?"

"예! 충성!"

위사들은 창을 세우면서 군례를 올렸다.

그들의 군례를 받으면서 장홍학은 당당하게 정무전으로 들어갔다.

장홍학이 완전히 사라진 후에 위사는 한차례 한숨을 내쉬었다. 그제야 위사는 그가 누구인지 묻지 않았다는 것을 깨달았다.

사군회의를 준비하던 용비교 시보는 정무전의 정문을 통해 당당하게 들어오는 젊은 검수에게 눈길이 갔다.

"그대는 뉘시기에 정문으로 들어오시는가?"

막 정무전으로 들어서던 장홍학은 잰걸음을 멈추고는 그에게 말을 거는 사람을 위아래로 훑어보았다.

"흐음, 조금 뚱뚱해 보이는 체격에 보통 키, 짧은 목에 불룩 튀어나온 배와 짱구 머리, 머리에는 문사건에 허리엔 공작선이라……. 그럼 용비교 시보로구먼!"

시보도 들고 있던 서류에서 눈을 떼고 젊은 검수를 위아래로 훑었다.

"머리에 영웅건이라……. 젊은 사람이 어서 빨리 이름을 날리고 싶어 안달이로구나. 허리에는 정검이라……. 그래도 검자루에 손때가 가득한 것을 보니 수련은 열심히 했구나. 경장 무복에 쪽빛 장삼이면 검각일 터. 가슴에는… 가슴에는……."

시보는 안경을 고쳐 쓰고 고개를 쭉 폈다.

청년의 가슴에는 생각 밖의 동물이 새겨져 있었다. 용도 아니고 봉도 아니다. 그것은 뱀을 달고 날아가는 독수리였다.

시보는 이어서 청년의 얼굴을 요모조모 따져 보았다.

"처음 뵙겠소, 소공자. 정무련의 총관을 맡고 있는 용비교 시보라 하오."

청년은 고개를 끄덕였다.

"아버지한테 이야기는 자주 들었지."

시보는 고개를 끄덕였다. 만족스런 표정이다.

"배신 때렸다며?"

하지만 이어지는 청년 검수 장홍학의 한마디에 시보의 얼굴은 여지없이 일그러졌다.

"배신이라니요, 소공자! 가당찮은 말씀이외다."

"왜? 검각에서 일하라고 내보냈는데 일 다 끝났으면 돌아와야지 안 돌아오면 그게 배신이 아니고 뭐야!"

시보는 불쾌한 표정으로 말했다.

"더 큰 뜻을 좇아 큰물로 자리를 옮겼을 뿐, 검각에 위해가 될 만한 생각일랑은 품은 일조차 없소이다."

장홍학은 만족스런 표정으로 고개를 끄덕였다.

"역시… 아버지가 달변가라더니 말은 잘해!"

장홍학은 시보의 어깨를 척, 척, 두 번 두들겼다.

"잘해봐. 계속 지켜볼 테니."

장홍학은 시보만 그 자리에 두고 안으로 들어갔다.

시보는 안으로 들어가는 장홍학을 물끄러미 쳐다보았다.

아니, 쳐다보는 척했다.

그러면서 잽싸게 주위의 시선들을 잡았다. 적지 않은 수가 잡혔다.

이제 곧 소문이 퍼질 것이다.

시보와 장홍학이 정무전에서 상견례를 하며 나눈 이야기도 같이 퍼질 것이다. 세상 사람들은 시보와 장홍학이 처음 만나 나눈 이야기라며 떠들 것이다.

이제 뿌려놓은 싹이 열매를 거두려 하고 있었다.

시보는 표정을 바로 했다.

이제 수확을 위해 움직여야 할 때다.

지나가다 이 모양을 본 소패성 여일위가 시보에게 다가왔다.

"누구요? 누구길래 그렇게 용비교께서 안절부절못하신 게요?"

시보는 얼굴에 땀을 닦았다.

"등패군의 차자(次子) 장홍학 공자입니다. 취왕과는 배다른 남매라 합니다."

여일위는 흥미롭다는 듯이 시보를 바라보았다.

"재미있군요. 용비교 시보를 당혹스럽게 하는 사람이 있다니!"

시보는 힘을 주어 낮은 목소리로 말했다.

"등패군의 감추어놓은 한 수라면 그 정도는 되어야지요!"

시보는 그제야 흐뭇한 미소를 지었다.

전노군과 함께 자리로 들어서던 완당군은 인상을 찡그렸다.

"젊은 검수는 누군데 여기 앉아 있는 건가?"

장홍학도 마주 인상을 찡그렸다.

"그러는 댁은 뉘시오?"

전노군은 벌써부터 눈치를 채고 키득거렸다.

뒤따라 안으로 들어서던 중경여와 두리는 앞에 전노군, 완당군이 길을 막고 있어서 들어가지도 못하고 있었다.

화나 난 중경여와는 목에 힘을 주어 기침을 했다.

"카함."

기침 소리에 사람들이 뒤를 돌아보았고, 중경여와와 사람들의 시선이 마주쳤다.

"어서 오시오, 명 부인. 열혈군께서는……."

완당군은 주위를 둘러보았다. 열혈군이 안 보였다.

"몸이 안 좋아 내가 쉬라고 했어요. 내가 대신 나오면 안 되는 일입니까?"

완당군은 잠시 할 말을 잃었다.

검후가 없어지니까 이제는 약관도 안 되어 보이는 검수가 와 있지를 않나, 열혈군은 건강을 핑계로 다른 사람이 나온다. 이런 식이라면 정무련의 최고 의결 기관인 사군회의의 명색이 말이 아니게 된다.

그런 완당군의 기분을 아는지 모르는지 중경여와는 호들갑을 떨며 안으로 들어섰다.

"어머~! 멋진 소형제가 와 있네? 뉘신가? 이 사람은 신농계의 열혈군의 내자 되는 두리라 하는데……."

"아, 중경여와!"

젊은 검수가 자리에서 일어났다.

"말학 후배가 두 여협을 뵈오이다. 장홍학이라 하며 등패군의 차자(次子) 되는 자이외다."

"차자!"

중경여와가 말을 끊었다. 이어서 들리는 그녀의 목소리가 차가웠다.

"차자! 흥, 등패군도 밖에서 주워온 자식이 있었구먼!"

사천 강호의 공자님으로 알려졌던 등패군인데, 그도 밖에서 애를 낳았다고 조롱하는 것이다.

하지만 젊은 장홍학은 조금도 밀리지 않았다.

"암요! 희대의 영웅이셨으니까요. 자식 못 낳는 것보다는 열배, 백배는 낫지 않겠습니까? 덕분에 제가 이렇게 영웅호걸과 여협까지 두루두루 뵐 수도 있는 것이고! 이 얼마나 자랑스런 쾌거입니까!"

중경여와는 입을 다물었다. 분이 터졌다. 열혈군 명자방과 그녀 사이에는 아직도 소출이 없었기 때문이다.

"흥! 젊은 친구가 입은 바르구먼!"

소리하며 중경여와는 자기 자리로 향했다. 가면서 중경여와는 손끝으로 장홍학의 뒷덜미를 슬쩍 긁었다.

"오호오오……."

장홍학이 경련을 일으켰다.

사람들의 시선이 그를 향했다.

"그만 방귀가……."

장홍학이 겸연쩍은 표정으로 미소를 지어 보였다.

완당군의 얼굴이 일그러질 대로 일그러졌다.

중경여와가 한 짓을 못 본 것이 아니다. 사군회의에 나와서
남녀가, 그것도 어미와 자식뻘 되는 두 사람이 서로를 희롱하
고 농을 지껄이는 것을 보는데 기분이 좋을 리가 없었다.

반대로 중경여와는 얼굴에 미소가 그려졌다.

젊은 친구지만 남자다웠다. 어지간한 남자들은 그녀 앞에
서 오금도 못 펴는데 장홍학은 기세도 당당했고 언변도 능했
다. 성미를 돋우기 위해 슬쩍 건드렸더니 오히려 그것을 재치
있게 넘겼고, 또 그것을 덮는 반응도 적절하다.

마음에 들었다.

오랜만에 그녀의 춘심을 자극하는 젊은 피가 나타났다.

중경여와는 의자에 몸을 기대고 조금 삐딱하게 앉아서 칼
날 같은 젊은 청년을 지그시 바라보았다.

"이래도 되는 거요?"

아직 회의실에 안 들어가고 완당군이 화가 나서 소리쳤다.

"안 될 것이 없지 않소?"

전노군이 그를 말렸다.

"그래도 말이오, 그래도!"

완당군의 말은 명색이 사군회의인데 사군, 즉 사패의 수장

차, 포를 떼어놓았단 말이지! 183

들이 모이는 회의란 말이다.

그러므로 원칙상 수라방의 방장, 신농계의 계주, 병가보의 보주, 검각 각주가 나와야 한다.

등패군이 가장 먼저 죽었으니 그 후임으로 능검후가 나오던 것은 어쩔 수 없었지만, 지금 검각을 대신해서 나온 사람은 능검후도 아니고, 등패군의 장녀 취왕 장홍란도 아니고, 아예 여기 와서 처음 얼굴을 보는, 지금까지 그런 사람이 있는지 없는지도 모르던, 얼굴에 아직 솜털도 가시지 않은 보송보송한 소년이란 말이다.

전노군은 완당군을 설득하는 체했다.

등패군을 대신해서 취왕도 왔었는데, 등패군의 차자가 못 올 이유가 없다. 그보다는 열혈군이 여기 정무련에 와 있음에도 그 대신에 중경여와가 참석하는 것이 말이 안 된다.

그것이 전노군의 말이었다.

전노군은 이미 짐작하고 있었다.

완당군이 안 된다고 주장하는 것은 여기가 자기 집인데 들어설 때부터 젊은 검수에게 기분이 상했기 때문에 괜히 강짜 부리는 소리다.

뿐인가!

문제의 젊은 놈은 전노군은 물론 완당군에게 와서 인사도 안 했다. 명색의 정무련의 련주요, 사패의 수장인데, 당연히 그런 것은 알아서 해야 할 것이 아닌가!

괘씸해도 너무도 괘씸했다.

완당군이 어지간히 씩씩거리자 전노군은 그를 혼자 두고 안으로 들어갔다.

"등패군의 차자 되신다고? 어허어! 그 사람, 몹쓸 사람이로세. 어떻게 이렇게 감쪽같이 세상을 속일 수 있단 말인가! 완전히 속았구먼, 완전히 속았어. 허허허헛."

밖으로 전노군의 웃음소리가 들렸다.

완당군은 그게 더 기분 나빴다. 자기 혼자만 화를 내는 꼴이다.

이렇게 되니까 젊은 놈이 검각의 대표랍시고 와서 앉아 있는 것보다 놈을 반기는 전노군이 더 미웠다.

'유장한 이놈이… 네놈이 나를 무시해!'

완당군은 이를 갈았다.

회의라고 해봤자 별것 없었다.

광마 처단에 대한 결과 보고에 이어서 그동안 정무련의 꾸준한 추적의 결과 식마의 흔적을 찾아냈다는 이야기 등등……

"정작 내가 사군회의를 개최하고자 하는 이유는……"

완당군은 세 사람을 둘러보았다.

"이번에 청룡공을 중심으로 편성된 청룡당을 정무련의 정식 조직으로 개편했으면 하는 바이오."

다른 세 사람은 조용히 입을 다물고 있었다.

"왜냐하면 지금까지 정무련은 명색이 사패의 연합인데 그 안의 세력이 모두 저마가 각 패에서 데려온 병사들로 이루어져 있었지 정무련의 힘이라고 할 수 있는 그것이 없었소. 그런 차에 검각에서 구(舊) 용문을 미련없이 내놓았고, 그것을 우리 병가보에서 여과없이 수용할 수 있었소. 더불어 이번 광마의 토벌 작전에서 청룡당의 유용함을 직접 확인한 차요. 이에 병가보에서는 힘의 여력이 생긴 바, 그들을 병가보 소속이 아니라 아예 정무련 소속으로 개편할까 하오."

완당군은 반대가 없을 줄 알았다.

청룡당이야 어차피 검각 소속이었고, 지금은 병가보의 조직이다. 그것을 내놓고 같이 쓰겠다고 하는데 반대할 사람이 있을까!

그렇게만 생각했다.

"왜요?"

그런데 한쪽에서 딴죽 거는 사람이 나왔다. 아직 어리고 맑은 목소리다. 그런 젊은 목소리를 가진 사람은 하나뿐이다.

완당군은 절로 인상이 구겨졌다.

"왜라니?"

"그럴 필요가 있는가 해서 드리는 말입니다."

"그럴 필요라니?"

"아니이, 한번 생각해 보십시오. 병가보에서 이번에 청룡당을 새롭게 창설해서 여력이 생겼다는 것은 이해를 합니다. 잘하셨습니다. 그리고 축하드립니다. 하지만 어쨌거나 여력이 생긴 것은 병가보란 말입니다. 그런데 갑자기 무슨 정무련의 조직이라니요? 정무련의 조직이 따로 필요하기는 한 겁니까?"

"그거야 당연히……."

완당군은 있으면 좋은 것 아니냐고 말하려고 했다.

"있으면 좋기만 하지는 않을 것입니다. 만약 새로운 조직이 하나 만들어지면 그것은 누구의 명령을 따를 것이며, 누구의 밑에 있어야 합니까? 당연히 정무련의 조직이니 련주 휘하가 되겠군요. 뭐, 병가보의 완당군께서 련주 직을 겸하고 계시니 그럼 결국 병가보주 완당군 휘하의 청룡당에서 련주 완당군 휘하의 청룡당이 되는 셈이로군요. 이리 치나 저리 치나, 오른쪽 주머니에서 꺼내서 왼쪽 주머니에 넣으시는 것과 마찬가지일 듯합니다. 그럼 그것은 굳이 찬성하고 반대하고 할 만한 소지가 없을 듯합니다. 여기까지는 그렇지요. 그런데 말입니다. 그런데… 이게 쪼오까 이~쌍하다 이 말입니다. 병가보 청룡당이면 당연히 운영비와 유지비까지 병가보가 책임을 지시겠지만, 만약에 말씀하시는 청룡당이 병가보 청룡당이 아니라 정무련 청룡당이 되면 어쩌나 하는 것입니다. 그럼 정무련이 청룡당의 운영과 유지 비용을 부담해야 하는 것은 물론이고, 사고가 났을 때 그 뒤처리까지 모두 다 정무련에서 책임져야 되는 것 아닙니까? 정무련 소속이니 그래야 하지요. 안 그렇겠습니까? 정무련에서 책임진다 함은 곧 사패가 나눠서 그 비용을 부담한다는 소리가 되는데… 어째 쫌 이~잇쌍하지 않습니까? 운영은 련주께서 하시는데 비용은 나머지 삼패가?"

장홍학은 숨 한 번 쉬지 않고 떠들었다. 그 와중에도 손가락으로 전노군, 중경여와, 그리고 자신을 가리키면서 계속 왔다 갔다 하면서 온갖 동작을 취해댔다.

그렇게 되니까 완당군 대 세 사람으로 조합이 갈리는 것처럼 보였다.

"검각은!"

장홍학은 더 이야기할 것 없다는 듯이 자기 책상을 손끝으로 가볍게 살짝 통, 두들기며 선언했다.

"반대합니다."

검각은 반대한다. 묘하게 한 박자 뛰어 발음하면서 자신이 검각을 대표해서 나왔다는 것이며, 그것은 곧 검각 전체의 의견이기도 하다고 강조하는 듯했다.

"허허헛."

전노군이 의자에 깊숙이 몸을 묻으며 나지막이, 그리고 천천히 웃어 보였다.

중경여와는 재미있다는 듯이 소년 검수를 바라보았다. 그녀의 얼굴에는 이미 미소가 번지고 있었고…….

"사군회의의 결정은 다수결이 아니라 만장일치, 어느 한쪽이 반대를 하면 자동으로 부결되는 것 아니었소?"

웃으면서 전노군이 완당군의 의사를 물었다.

말로는 검각이 반대하니 더 이상 진행할 수 없을 것 같다 말하지만, 실제로는 나도 반대하니 굳이 거론하지 말자는 말과 같았다.

만약 전노군의 뜻이 그렇지 않다면 장홍학을 같이 설득하거나 반론을 폈을 것이다.

완당군은 얼굴이 일그러졌다.

요 근래 들어서 얼굴이 제대로 펴진 적이 없는 것 같았다.

"젊은 친구가 언변이 좋군. 내 삼치군이라는 별호를 자네에게 넘겨줘야 할 것 같으이."

전노군은 더 이상 완당군과 이야기할 것이 없다는 것처럼 장홍학을 향해 몸을 돌렸다.

"감사합니다. 강호 초출인지라 별호도 없던 차에 감사히 받겠습니다만, 임금 군(君) 자는 감히 받기에 벅차 보입니다. 적당히 검(劍)이나 공(公)으로 바꿔주심이……."

완당군은 완전히 배알이 꼬였다.

제가 뭐라고 감히 제 입으로 공을 붙인단 말인가!

군이나 마찬가지로 공(公)도 그 사람을 높여 부르는 말이다. 공을 붙여달라는 소리는 곧 자신을 검각의 후인이라는 위치에 맞게 제대로 대우해 달라는 말처럼 들렸다.

"소형제가 검각에서 나왔으니 검을 붙이는 것이 좋겠군. 세 치 혀가 마치 검처럼 날카롭다 하여 삼치검, 어떤가?"

"좋군요! 무엇보다 칼날 끝의 길이가 세 치라는 뜻이 될 수도 있으니 더욱 마음에 듭니다. 감사합니다, 전노군!"

"허허헛, 허허헛."

"축하해요, 삼치검. 이제 어엿한 별호를 가졌으니 강호에 등단하셨군요."

"감사합니다, 중경여와."

완당군만 빼놓고 모두들 웃고 떠들었다.

완당군은 전노군을 잡아먹을 듯이 노려보았다.

완당군은 서둘러 의사 진행 발언을 했다. 이대로 놔두었다가는 사군회의고 뭐고 어린놈의 휘둘림에 그냥 말려들 것만 같았다.

"이어서 다음 의제는……."

　　　　　*　　　*　　　*

"다녀왔어, 누님!"

장홍학은 입구에서 나갈 준비를 끝내놓고 기다리고 있던 취왕 장홍란에게 인사를 했다.

"용문산으로 갈 거야?"

장홍란은 고개를 끄덕였다.

"그런데 소식이 하나 있는데, 누님. 검각으로 돌아가겠다고 마음을 정한 사람에게 이런 이야기를 해도 될까 몰라."

장홍학은 뜸을 들였다.

장홍란이 인상을 찡그리자 어쩔 수 없다는 듯이 입을 열었다.

"식마가 발견되었다는데."

취왕 장홍란의 얼굴이 굳어졌다.

"그 이야기를 했어. 그동안의 추적 결과 아미산 방향으로 식마의 흔적을 찾을 수 있었대. 그래서 나교의 청룡당은 다녀온 지 얼마 안 되기 때문에 그냥 두고, 전노군이 유달로 하여금 식마를 찾으러 보낼 생각이래."

쿵!

취왕이 발을 굴렀다.

유모가 달려왔다.

"유모, 식마가 발견되었대요."

장홍학은 간단히 한마디만 했다.

하지만 그것으로 유모 모용정은 취왕의 뜻을 알아차렸다.

"가시겠습니까? 봉문은 언제라도 준비가 되어 있습니다."

발견된 자가 식마다.

장홍란의 오라비 장한을 산 채로 배를 갈라서 간을 씹어 먹던 자!

장홍란은 자다가도 그때의 일들을 꿈을 꾸곤 했다. 그럴 때마다 비명을 지르며 깨어났고, 유모 모용정은 그런 장홍란의 한과 복수심에 대해 누구보다 잘 알고 있었다.

취왕이 고개를 끄덕였다.

"좋습니다. 아이들에게 소식을 전하겠습니다."

"그보다 유모!"

장홍학이 유모 모용정을 불렀다.

"용문산의 검각으로 돌아가려다가 갑자기 바뀐 거 아냐? 그러니까 봉문의 의사를 물어봐 줘요. 다들 집에 갈 생각을 하고 들떠 있을 텐데… 아무래도 그게 좋을 것 같아. 물론 봉문의 의사야 정해진 것이나 다름없겠지만 그래도 과정이 다르니까."

모용정은 장홍학의 말이 맞다는 생각이 들었다.

명령을 받고 따르는 것이 아니라 의견을 모아서 내린 결정에 의해 자신이 행동한다.

결과는 같아도 과정이 다르니 명령을 따르는 부하들의 마음이 다를 것이고, 마음이 다르니 행동하는 질이 달라질 것이다.

모용정은 선뜻 행동으로 옮기지 못하고 취왕 장홍란을 바라보았다.

취왕이 고개를 끄덕였다. 분한 표정이다. 기분은 상했지만 동생인 장홍학의 말이 맞았기 때문이다.

"아참, 나 별호 얻었다. 전노군이 지어줬어. 세 치 혀가 마치 검 같다 하여 삼치검이다! 어때? 좋아 보이지 않아?"

다른 사람의 기분은 신경 쓰이지도 않는 듯 장홍학은 신이
나서 소리쳤다.

*   *   *

완당군은 갈왕 동파를 불렀다.

"다녀온 지 얼마 안 된다는 것을 알지만 또 한 번 나갔다 와
야겠다."

갈왕 동파는 바로 자리를 박차고 일어나더니 한쪽 무릎을
꿇고 앉았다.

"신 동파, 언제라도 련주의 명령을 받잡을 준비가 되어 있
습니다."

"아아~! 이번에는 련주로서가 아니라 병가보주로서 내리
는 명령이다."

"예? 아, 예."

동파는 련주와 병가보주가 뭐가 다른가 고민을 하기 시작
했다. 사람은 어차피 완당군 한 사람인데 말이다.

"곧 아수라 유달이 수라방의 청사군을 이끌고 출발할 것이
야."

"청사군이오? 어디로 말입니까?"

완당군은 허리를 앞으로 당겼다. 거리를 좁히려는 것을 보

차, 포를 떼어놓았단 말이지! 193

면 은밀히 나눌 이야기다. 동파도 무릎걸음으로 한 걸음 앞으로 다가갔다.

"식마가 발견되었다."

"어? 오!"

"그래. 청사군은 식마를 추적, 제거하기 위해 출발한다."

"그렇군요."

"그런데 청사군이랑 유달이 무엇을 하는지 염탐을 할 사람이 필요해."

동파의 얼굴이 밝아졌다.

"그런 것이야 이 동파가 제격입니다."

"그래. 그것을 알기 때문에 자네를 불렀네. 하지만 뭔가 부족해."

갈왕 동파는 황급히 완당군의 말을 부정했다.

"아닙니다. 부족하지 않습니다."

"이보게, 갈왕."

완당군은 최대한 부드러운 어조로 말했다.

"왜 자네가 낭왕에게 밀린다고 생각하는가?"

"아닙니다, 련주. 제가 밀리는 것이 아니라 재수가 없어서 그렇습니다."

자신은 절대 그럴 리가 없다는 듯 갈왕 동파는 힘을 주어 말했다.

완당군은 갈왕의 말이 맞다고 고개를 끄덕였다.

"맞아. 오.년 전만 해도 자네랑 낭왕이랑은 정말 백지 한 장 차이였다. 도저히 두 사람 중에 누가 나은지 우열을 가릴 수 없었어. 하지만 보게. 한 해가 지난 후에 종이 한 장 차이이던 것이 한 뼘으로 벌어지는 듯하더니 지금은 어떠한가? 듣자 하니 낭왕의 실력이 일취월장하는가 본데……."

갈왕은 그제야 한숨을 내쉬었다.

이제는 그도 안다.

부정할 수 없는 사실이다.

그 천 길 낭떠러지로 던져 버렸는데 놈은 살아서 버젓이 돌아다니고 있다. 차라리 자기 앞에 나타나면 좋겠는데 어디 가서 무엇을 하는지 나오지도 않고 있다. 그래서 더 두렵다.

놈이 살아 있다는 소식은 간간이 들린다.

얼마 전까지도 보령에 있었다.

그런 놈이 또 사라졌는데 어디를 가고 있는지 모른다.

그러니까 갈왕은 더욱 불안해졌다.

"그래서……."

완당군은 조용히 책을 내밀었다.

여기저기 불에 그을리고, 비단으로 된 표지는 재에 구멍이 나 있었다.

"이것이 네게 큰 힘이 되어줄 것이야."

갈왕은.냉큼 책을 받았다.

"취… 장, 휘, 기(就將暉氣)?"

그것이 뭔지 몰라 갈왕은 책과 완당군만 번갈아 바라보았다.

그 모습이 안타까웠는지 완당군은 갈왕을 손짓으로 불렀다.

귀에 대고 속삭였다.

"이 안에 율갑혼정기가 들어 있네."

"우웨?"

"쉿!"

완당군이 손을 들어 갈왕의 입을 막았다.

"세상에 너와 나만 아는 비밀이네. 알겠는가?"

갈왕은 얼결에 고개를 끄덕였다.

어느새 완당군의 말은 완전한 명령조로 바뀌어 있었다.

"이것만 있으면 너는 초절정고수의 반열에 오를 수 있다. 한 가지 문제는 정기적으로 여자를 품어야 한다는 것인데, 그 정도 경지가 되면 나를 찾아오라. 내 필요한 만큼 넉~너억하게 돈을 줄 터이니. 알았는가? 일이 사단이 되어 벌어지기 전에 미리미리 몸을 풀어줘야 한다. 명심해라. 절대로 성욕이 쌓이도록 놔두어서는 아니 된다."

어안이 벙벙한 표정으로 갈왕은 고개를 끄덕였다.

"뭐 하고 있느냐, 어서 빨리 품속에 갈무리하지 않고?"

"아, 예, 예."

"받아라."

완당군이 전낭을 쥐어주었다.

손바닥에 전해지는 감촉이 묵직했다.

갈왕의 입이 함지박만 하게 벌어졌다.

*   *   *

전노군은 아수라 유달과 청사군의 선규를 불렀다.

"이번에는 식마가 발견되었다."

전노군의 말에 아수라 유달의 표정이 굳어졌다.

일이 자꾸만 늘어나는 것 같았다. 아직 하나도 끝맺지 못했는데 또 하나가 불거진다.

"사군회의 결과, 이번에는 병가보가 아니라 수라방에서 나가기로 했다."

아수라는 전노군이 왜 자신과 선규를 불렀는지 알 수 있었다. 수라방에서 출전한다면 당연히 청사군이다. 그리고 청사군의 군장이 아수라이고 부장이 선규이니 그 두 사람에게 출전을 명령하기 위해서다.

"당장에 준비해라. 준비가 되는 대로 보고를 하고."

"검후의 살인 사건은……."

전노군이 고개를 끄덕였다.

"그건 내가 알아서 하겠다. 달이 네가 임무를 끝마치고 돌아오면 다시 맡을 수 있도록 준비를 해놓을 테니 걱정 말고."

전노군의 말에 아수라는 더 이상 토를 달지 못했다.

무언가 전노군에게 계획이 있었다.

아수라는 더 이상 말을 않고 간단히 군례를 올렸다.

부자지간이지만 지금은 그보다는 상하 관계에 더 가깝기 때문이다.

아수라의 말에 선규는 곧장 수라방으로 돌아갔다. 그가 다시 올 때에는 청사군을 이끌고 올 것이다.

아수라가 나가자 전노군은 이번에 후영한조 정운을 불러들였다.

"뭔가 이상해."

알 수 없다는 듯 전노군이 고개를 흔들었다.

"자네 생각에는 어떤가? 완당군이 나를 경계할 이유라도 있을까?"

"완당군의 성격에 앞서 가는 사람을 좋아하지 않습니다."

"그렇다고 내가 앞서 간 것도 아니지 않은가? 정무련의 련주 자리까지 양보했거늘!"

정운은 조심스럽게 물었다.

"혹시 그래서 불안한 것은 아닐까요? 그런데 갑자기 왜 그러십니까?"

"주작공에게 식마를 처단하라는 명령이 가결되었네. 병가보의 청룡당이 한차례 다녀왔으니 이번에는 우리 수라방이 해결하라는 말이지."

"청룡당이 한 일이 없지 않습니까? 그저 민산―구채구까지 왔소, 갔소 한 것밖에는 말입니다."

"그렇지. 그렇지만 이제 막 집으로 돌아온 사람들에게 또 나가라고 할 수는 없는 일 아닌가?"

정운은 입을 다물었다.

할 말이 없어서가 아니라 전노군과 같은 생각이기 때문이다.

"그래서 동의했네. 신농계는 움직이기 너무 멀고, 검각은 용문을 떼어다 병가보에 주었으니 당장에 움직일 수 있는 곳은 우리 수라방밖에 없는 셈이지. 하지만 그 시기가 너무나 공교롭단 말이야. 분명히 아수라가 검후 살인 사건을 조사하고 있다는 것을 알면서도 내린 명령이란 말이지."

"수사를 방해하기 위해서라고 생각하십니까?"

전노군은 고개를 흔들었다. 하지만 말은 반대로 하고 있었다.

"그럴 가능성을 완전히 배제할 수는 없을 것 같아. 아무래도 자네가 몰래 사건을 조사해 봄이 좋겠어. 검각을 뒤지지 말고, 그곳은 털어서 더 나올 것 같지가 않으니까. 완당군 주위 사람들의 그날 행적을 조사해 보게. 그래서 불분명한 놈이 누구인가 한번 알아봐."

"알겠습니다."

"그리고 무엇보다 낭왕 이 자식을 빨리 복귀시키게. 그놈이 없으니까 사람은 많은데 어찌 된 게 마음 놓고 일을 맡길 놈이 없어. 낭왕 빠지고, 아수라 빠지고. 이건 꼭 장기를 두는데 차, 포를 떼어놓았단 말이지."

정운은 의미를 알 수 없는 묘한 미소를 지어 보였다. 그런 소리 할 줄 알았다는 것인지, 없으니까 이제야 가치를 알겠냐고 하는 것인지 말이다.

*   *   *

소패성 여일위의 방으로 용비교 시보가 들렀다.

"들으셨습니까?"

시보의 말에 여일위가 조심스럽게 되물었다.

"무슨 이야기 말입니까? 아수라와 수라방의 청사군이 식마를 색출하러 나가게 된 이야기 말입니까, 삼치검 장홍학에게 완당군이 농락을 당했다는 이야기 말입니까?"

"둘 다 재미있는 이야기인데, 벌써 들으셨군요."

용비교는 아쉽다는 듯이 입맛을 다셨다.

"하지만 소패성은 갈왕이 완당군의 집무실에 들렀었다는 것은 아직 모르시나 봅니다."

여일위는 표정이 굳어졌다.

"역시~! 가재는 게 편인가 봅니다. 완당군이 아직도 갈왕을 부르는 것을 보면 말입니다."

제 입으로 말하면서도 여일위는 완당군과 갈왕을 비유할 때, 가재와 게를 쓰는 것은 참으로 적절한 표현이라는 생각이 들었다.

잠시 뜸을 들이더니, 시보가 결론을 내렸다는 투로 말한다.

"완당군으로서는 갈왕은 결코 버릴 수 없을 것입니다."

"그런가요?"

여일위는 다른 곳을 바라보며 물었다. 그리고는 바로 대답했다.

"그렇군요, 역시~!'

여일위는 시선을 다시 용비교 시보에게로 돌렸다.

"완당군은 갈왕에게 무엇을 주었을까요?"

여일위의 질문에 용비교 시보는 조심스럽게 대답했다.

"취장휘기가 아닐까요?"

"취장휘기라……!'

"갈왕이 낭왕에게 밀리는 이유가 무엇이겠습니까? 상승 무공의 부재입니다. 또는 상승 내공심법의 부재일 수도 있을 것입니다."

"하기야 내공이 있어야 무공도 펼칠 수 있는 것이지요. 가능성있는 이야기입니다. 아니, 가능성 짙은 이야기로군요. 취장휘기라……. 흥!'

여일위는 콧방귀를 뀌었다.

"너무 상심 마시기 바랍니다. 열 손가락 깨물어서 안 아픈 손가락 없다지만, 아픈 정도는 다 다르다 하지 않습니까?"

여일위는 황급히 손을 내저었다.

"아아, 전혀 상심 안 합니다. 왜 모릅니까! 단지 그 나물에 그 밥이라고 생각하기 때문입니다. 그게 무슨 문제가 있다는 것을 자신이 가장 잘 알면서……. 아무래도 장고 끝에 악수를 둔 것 같습니다."

"그럴까요? 그렇겠지요? 그렇게 될 가능성이 농후합니다."

시보는 여일위의 의견에 동의했다.

"역시 범인은 완당군이었군요."

여일위의 질문 아닌 질문에 시보는 고개를 끄덕이는 것으로 대답했다.

"결국은 그것을 갈왕이 증명해 줄 것입니다. 쯔쯧, 아무리 제 새끼 중하다지만 그것을 가장 아끼는 놈에게 준다는 것이 고작 그런 것이라니……."

시보는 고개를 끄덕였다.

"역시 갈왕이 그 사람인 것입니까?"

여일위는 황급히 입을 다물었다. 이야기를 하다 보니 결국 완당군의 감춰둔 새끼, 그 이야기까지 나왔다.

이내 언젠가는 알 일이라고 한숨만 내쉬면서 말했다.

"아직 갈왕도 모르는 듯합니다."

"그렇겠지요. 안다면 가만있을 갈왕이 아닐 것입니다."

"그럼 나를 노리겠지요. 하지만 호락호락 당하지만은 않을 것입니다."

"미리 대비를 하고 계신데 그럴 리 없지요."

시보는 이미 알고 있다는 듯 미소를 지어 보였다.

"그나저나 완당군에 이어 갈왕도 익히는데, 취장휘기를 익히실 생각이십니까?"

시보는 여전히 웃는 낯으로 물었다.

하지만 얼굴은 웃고 있어도 속은 웃지 못했다.

행여나 여일위마저 율갑혼정기의 유혹을 뿌리치지 못할까 걱정해서다.

다행히도 여일위는 고개를 저었다.

"그것은 양날의 칼입니다. 또한 득보다는 실이 더 많지요."

시보는 미소 짓는 표정 그대로 서서히 고개를 끄덕였다.

안심이다.

여일위의 그 마음이 진심이기를 시보는 진정으로 바랐다.

시보가 돌아간 후 여일위는 고민 끝에 뱁새눈 이한을 불렀다. 또 다른 밀명을 내리기 위해서이다.

하지만 이한은 그날 못 왔다.

저녁이 되기 전부터 시작한 갈왕 동파의 술타령이 당최 끝날 생각을 하지 않아서이다. 벌써부터 기녀를 품고 있는 폼이 아무래도 술타령에서 끝날 것 같지 않았다.

결국 이한은 다음날이 되어서야 여일위를 만나러 올 수 있었다.

*   *   *

이단 일행은 해가 서산으로 넘어갈 때 즈음 해서 도강언현의 남쪽 성문에 도착했다.

문이 닫히기 전에 성을 빠져나갈 셈이다.

성문을 지키던 관군은 의심쩍은 눈으로 이단 일행을 훑어보았다.

수레를 모는 키 작은 청년 옆에는 다 큰 계집 하나가 앉아 있고, 뒤로 말을 탄 백의의 미녀까지 함께 있다. 게다가 청년이 끄는 수레에는 덩그러니 관 하나가 놓여 있고, 수레에 관을 싣고 나가니 눈여겨보지 않을 수가 없었다.

아무래도 수레에 앉아 있는 계집이 지금 청성파에서 수소문하는 그 계집일 듯하다.

"이봐, 관 안에는 뭐가 들었지?"

"들기는 뭐가 들었습니까? 관에 들어 있는 것이야 뻔한 것 아닙니까!"

"행여 칼부림 나서 뒈진 놈을 숨겨서 데리고 나가는 거 아냐?"

해석은 선뜻 대답을 못했다.

갑자기 칼부림이라니? 성문을 통과하는 시신이 하나도 없단 말인가? 의당 사람이 죽었으면 성 밖에 묘를 마련하는 것이 정상이거늘, 왜 갑자기 칼부림 운운하며 그들을 붙잡고 시비를 건단 말인가?

이들은 혜민이 성내에서 일으킨 분란을 알고 있는 듯했다.

"그럴 리가 있습니까요! 객사한 친구가 있어서 고향 땅에 묻어주려 집까지 동행하는 겁니다요."

"열어봐."

해석은 긴장하는 표정으로 뒤의 설아를 바라보았다.

분명 눈에 띄는 미녀일 텐데, 문지기들은 설아에게는 눈길한 번 안 주고 있었다.

이번이 처음이 아니다. 함께 가면서도 해석 본인이 설아에 대해서 신경도 못 쓰고 있었기 때문이다.

관을 열어보라는데 설아는 반응이 없었다.

해석은 한숨을 내쉬었다.

해석은 될 대로 되라는 심정으로 관 뚜껑을 열었다. 설아가 반응이 없으니 열어도 되리라.

여전히 이단이 거기에 누워 있었다. 제 발로 관으로 걸어들어갈 때의 모습 그대로다. 차이가 있다면 그의 얼굴색이 지금까지 한 번도 햇빛을 받은 적이 없는 사람처럼 더욱 창백해졌다는 것이다. 하얗다 못해 파랗기까지 하다. 누가 보더라도 그것은 시체였다.

"시체 맞구먼."

다른 문지기가 이단을 힐끔거리더니 턱짓을 한다. 관 뚜껑
을 닫으라는 소리다.

"잠깐."

안쪽에서 이들을 멈추게 하는 소리가 들렸다.

눈앞에 문지기들이야 머리에 투구를 쓰고 손에 창을 들었
을 뿐이지만, 지금 나타나는 사람은 정식으로 흉갑과 복갑 등
갑옷을 입고 어깨에 견갑까지 찬 사람이다. 적어도 시위 중에
서도 위장(衛將)에 속하는 장교 급 인물이다.

위장이 나타나자 문지기들이 긴장하기 시작했다.

"시체… 확인해 봐야 하는 것 아냐?"

"마, 맞습니다. 뭣들 하고 있어, 시체를 확인하지 않고?"

다른 문지기가 머뭇거린다.

"저어… 시체를 확인한다 함은……."

"진짜로 죽었는지 안 죽었는지, 혹시 우리가 찾던 범인은
아닌지, 산 사람을 죽은 것처럼 꾸며서 몰래 빠져나가려 하는
것은 아닌지 그런 것을 확인하란 말이다."

위장의 말에 문지기 중 하나가 칼을 빼 들었다.

해석은 당황했다.

정말로 관 속에 누워 있는 이단에게 칼을 휘두를 셈이다.
이단이 죽었다 했으니 그것을 말릴 수도 없고.

바로 그때였다.

"위장, 위장의 존대성명이 어떻게 되지요?"

그때까지 자기와는 상관없는 일이라는 것처럼 침묵만 하고 있던 설아가 입을 열었다.

위장의 눈이 처음으로 설아에게 돌아갔다.

수레 바로 옆에 설아가 있었음에도 위장은 물론 문지기까지 모든 사람이 설아를 처음 보는 것처럼 흠칫 놀랐다. 다들 그녀의 갑작스런 등장에 놀라고, 그녀의 빼어난 미모에 다시 한 번 놀랐다.

"커허허험! 내 이름은 왜?"

"위장의 존대성명… 그 유명한 함자 좀 알면 안 될까요?"

설아의 말에 위장의 표정이 굳어졌다.

"그러하냐? 허허헛. 내가 좀 유명하기는 하지. 잘 들어라. 내 이름은 검무제(劍武帝)다."

위장은 어깨를 펴고 뒷짐까지 지면서 목에 잔뜩 힘을 주고 말했다.

순간 설아의 얼굴이 풀어졌다.

지금까지 세상 사람들이 본 적이 없는 그런 환한 미소를 지었다.

위장 검무제는 설아의 미소를 바라보았다.

보는 것만으로도 위장은 만족하고 있었다.

가능하다면 그녀의 미소만 하루 종일 보고 있을 수 있으면 좋겠다고 생각했다. 그럴 수만 있다면 그녀가 원하는 것이라면 무엇이든 들어주고 싶었고. 보고 있으면 있을수록 위장은 설아의 미소에 빠져들고 있었다. 가슴속이 아려왔다. 위장은 그녀를 위해서 그가 할 수 있는 것이라면 무엇이든 해줄 마음이 들었다.

설아는 말했다.

"검무제, 저 관 속의 인물은 당신이 찾던 사람이 아닙니다."

"이봐, 저 관 속의 인물은 우리가 찾던 사람이 아니다."

"검무제, 관 뚜껑을 닫아주세요. 조심해서. 관 안에서 수련하고 있는 사람의 수련을 방해하지 않도록."

"관 뚜껑을 닫아라. 조심해서. 관 안에서 수련하고 있는 사람의 수련을 방해하지 않도록."

위장의 말에 문지기들은 서로의 얼굴만 바라보았다.

하지만 그들은 말단 문지기이고 위장은 그들의 상관이다. 문지기들은 조용히 관 뚜껑을 닫고 뒤로 한 발 물러났다.

"검무제, 이제 저희를 보내주세요."

"이제 이들을 보내라."

위장의 말에 문지기들은 길을 비켜섰다.

"검무제, 감사합니다. 그럼 이제 우리를 잊어주세요."

위장은 멍하니 설아의 얼굴만 바라만 보았다.

설아는 다시 한 번 위장을 향해 미소를 지어 보인 후 말을 몰기 시작했다. 여전히 그녀의 두 눈은 꼭 감겨 있었다.

해석은 안도의 한숨을 내쉬었다.

설아다.

설아가 위장에게 무언가를 건 것이리라.

"뭐 하고 있어, 빨랑빨랑 지나가지 않고?"

문지기가 짜증난다는 듯이 소리쳤다.

해석은 머릿속에 가득한 생각일랑 지워 버리고 서둘러서 말을 몰았다.

관 속의 이단이 누워 있는 수레는 그렇게 조용히 도강언의 성을 빠져나갔고, 밤을 달려 쉬지 않고 성도를 향했다. 아니, 정확한 목적지는 성도를 지나 아미산이었다. 성도는 들르지 않고 그냥 지나칠 생각이었고.

第三十九章
왜 이렇게 된 거야?

사건 발생 후,
십칠 일.

　차가람은 드디어 아미산 영역에 도착했다.

　산에 오르는 것은 내일 하기로 하고 오늘은 산 밑 객잔에서 묵기로 마음먹었다.

　차가람이 객잔 안으로 들어서자 사람들의 시선이 일제히 그녀에게 쏠렸다.

　까만 장삼 아래에 하얀 경장 무복, 그리고 허리에는 중원식이 아닌 반월형 도까지.

　남장을 해도 그녀의 여성미가 물씬 풍기는 체형을 감출 수가 없었다.

　단지 외모만으로도 다른 사람의 이목을 끌기에 충분한 사람인데 차림까지 그러하니 남자들의 시선이 안 쏠리면 그게 이상하다.

차가람은 객잔 한쪽 구석으로 자리를 잡았다.

전부터 그랬는데, 뭐. 이제는 사람들의 그런 시선은 익숙할 만도 하지만 결코 익숙해질 수 없는 것이 남자들의 끈끈한 눈빛이다. 몸 위를 스멀스멀 벌레가 기어가는 듯한 그 느낌은 느껴본 적이 없는 사람은 모를 것이다.

그나저나 요즘 들어 그런 시선을 더 많이 받는 것 같았다. 왜일까? 차림 때문인가?

사실 도가 특이할 뿐, 옷차림 자체가 특이하지는 않았다. 경장 무복은 강호인이라면 모두 입는 것이고, 회색이나 황색이 가격이 저렴해서 많이들 찾지만 백의가 없는 것도 아니다. 그리고 흑색 장삼은 많이들 선호하는 것이고.

차가람은 되도록이면 아무렇지도 않은 표정으로 자리를 잡았다.

수군거리는 소리가 들린다.

신경 쓰지 않기로 했다. 일일이 그런 것을 신경 쓰다가는 건강하게 오래 살기 힘들다. 무공을 익히는 목적이 다 그것 아닌가! 차가람은 그렇게 마음 편하게 생각했다.

점소이가 다가오더니 가지 볶음이 담긴 접시를 내놓았다. 아직 주문도 안 받았는데 나왔다.

"저쪽 손님께서……."

점소이가 한쪽을 가리킨다.

귀찮았다. 처다보기도 싫었다. 하지만 차가람은 되도록이면 차분하게 거절하기로 마음먹었다.

"가서 전하게. 성의는 감사하지만 신경 꺼주면 고맙겠다고. 그리고 나는 수석(水席)!"

"수석? 수석 말씀이십니까?"

차가람의 한마디에 점소이는 단춧구멍만 한 눈이 왕방울만 해졌다.

놀랄 수밖에 없었다.

점소이가 아니라도 객잔 안에 있는 사람이라면 다들 놀라지 않을 수가 없었다.

수석이란 당 태종 때 양귀비가 즐기던 음식이다.

양귀비는 항상 물에 말아서 음식을 먹기를 좋아했는데, 그녀의 피부가 좋은 비결이 그 때문이라고 사람들이 생각했고, 그래서 그때부터 호남을 비롯해서 장강 줄기를 따라 그런 음식 문화가 퍼졌다. 그것이 물에 말아서 먹는다 하여 수석이다.

그런데 수석은 작게는 네 가지, 보통 칠팔 종의 음식이 순서대로 나오면서 모든 음식이 다 나오면 칠팔 인분의 식사가된다.

그런데 젊은 여자가 혼자 수석을 주문한 것이다.

혼자 칠팔 인분을 먹겠다는 소리다.

정말 차가람이 그것을 주문한 것이 맞는가 싶어서 사람들이 모두들 숨을 죽였다.

차가람은 그 말을 무시하기로 했다.

"그래, 수석!"

"아, 예~! 알겠습니다. 여기 수석 하나요~!"

점소이의 구령에 주방 안쪽에서 숙수(熟手)가 나와 주문한 사람을 확인했다.

보통 수석을 이야기할 때에는 하나의 요리가 아니라, 여러 가지 음식을 통틀어서 일컫는다. 그래서 수석을 주문하는 경우에는 여러 사람이 와서 수석 하나를 시키기 때문에 몇 인분을 기준으로 만들어야 하는가 봐야 하기 때문이다. 그런데 달랑 젊디젊은 아가씨 하나다.

숙수가 점소이를 부른다.

점소이는 숙수한테 갔다가 한 대 맞고 다시 왔다.

"저어, 손님. 일행이 모두 몇 분이신지요?"

점소이는 조심스럽게 물었지만 차가람은 순간 당황하지 않을 수 없었다.

생각지 못한 질문이다.

생각컨대 혼자 와서 수석 요리를 시키니 당연히 일행이 늦게 오는 것으로 생각한 것이다.

고민 끝에 대답했다.

"둘! 아니, 하나!"

이단과 둘이 나란히 앉아서 먹으면 좋을 것 같았다.

하지만 이단은 안 온다.

이단을 버리고 온 사람이 자기인데, 그리고 자기가 이쪽으로 오고 있다는 것을 아는 사람도 아무도 없는데 이단이 여기에 올 리가 없다.

여러 명이라고 말하고 싶지만 그랬다가는 일행이 도착할 때까지 음식이 안 나올 게 뻔하다. 차라리 혼자 왔다고 솔직하게 말하는 것이 나을 것이다.

그래서 차가람은 사실대로 이야기했다.

"수석 하나 맞습니다요!"

숙수가 왜 부르는지를 알기 때문에 점소이가 소리쳤다.

이제는 객잔 안에 있는 사람들 모두가 알 수 있었다. 차가람이 혼자 와서 수석을 시켰다는 것을 말이다.

이제 차가람은 일행 없이 혼자 왔다는 것이 확인되었다.

여자 혼자다.

허리에 기형도를 차고 있기는 하지만 어쨌거나 여자 한 명뿐이다.

그것도 절세의 미모를 자랑하는.

"들어설 때부터 탱탱한 젖탱이랑 빵빵한 방뎅이를 보고 힘 좋게 생겼다 했더니 역시 먹는 것도 씩씩하구먼."

어디선가 누가 중얼거린다.

차가람은 무시하기로 했다.

고개를 돌려 창밖을 내려다보았다.

멀리 아미산이 보인다. 내일은 저곳을 올라야겠다. 아미파 구역인데 행여 분란을 일으키려고 하는 놈이 있을라고? 차가람은 그렇게 생각했다.

"뭐 어때서? 젖탱이가 탱탱하길래 탱탱하다고 이야기했구먼, 그게 잘못되었나?"

또 굵은 목소리가 들린다. 좀 전의 그 목소리다.

문득 궁금해졌다.

이럴 때 이단이 있으면 어떻게 했을까? 이단의 서슬 퍼런 눈빛 때문에라도 저런 소리는 입 밖으로 내지도 못했을 것이다.

그는 지금 뭐 하고 있을까?

차가람은 고개를 흔들었다.

왜 자꾸만 내가 그 사람을 생각하는 거야!

자기도 모르게 중얼거렸다.

"재수없는 새끼."

순간 차가람은 무언가 잘못되었다는 것을 깨달았다.

갑자기 객잔 안으로 싸한 찬바람이 불고 있었다.

그것이 모두 자신이 무의식중에 내뱉은 한마디 때문이라는 것을 깨닫고는 당황했다.

"저런 싸가지없는 년. 야, 너! 나보고 들으라고 하는 소리지?"

다시 굵은 목소리가 들려왔다.

차가람은 한숨을 내쉬었다.

"댁보고 한 소리 아니니 괜한 소란 피우지 마십시다."

조용히 끝내고 싶었다.

마침 첫 번째 음식이 나왔다. 삭힌 두부를 튀겨서 뜨거운 물에 녹말을 풀고 국처럼 끓인 음식이다.

차가람은 그런 것은 신경 쓰지 않기로 했다.

대꾸하지 않고 조용히 먹으면 될 것이다. 박수도 마주 쳐야 소리가 나니까 상대를 안 하면 된다.

그렇게 생각하면서 수저를 들었다.

개인 대접에 나온 음식을 떠 담으며 먹기 시작했다.

그러고 보니 차가람은 자신이 요즘 들어 식욕이 많이 늘었다는 것을 깨달았다.

보통 혼자서 이 인분 이상을 주문해서 다 비우고 또 주문을 하곤 했다.

왜 이럴까?

그렇다고 아픈 것도 없으니 별 걱정은 안 되었다.

차가람은 벌써 한 대접을 뚝딱 해치우고 다음 요리에 손을 대고 있었다.

"아잇, 젠장맞을! 너희들도 들었잖아! 저년이 분명히 재수 없는 새끼라고 했다고! 그게 나보고 하는 소리가 아니면 뭐겠어!"

또 굵은 목소리가 들린다.

세 번째 요리가 나왔다.

차가람은 이 집 음식 솜씨가 나름 괜찮다고 생각했다. 손님이 많은 집으로 오기를 잘했다는 생각이 든다. 세 번째 요리가 나오기 무섭게 그것을 개인 대접에 덜어서 먹기 시작했다. 이번 것은 버섯 튀김을 물에 만 것이다.

차가람은 세 번째 음식을 개인 대접에 덜었다.

순간 누가 차가람의 식탁을 칼자루로 내려쳤다.

두꺼운 대감도다.

네 자 정도의 칼자루에 다시 세 자 정도의 칼날이 달린 대감도! 휴대가 불편하기 때문에 주로 양산박의 쾌남들이 많이 쓰는데, 양손으로 휘두르는 이런 식의 칼은 중원에밖에 없는 병기다. 중원에만 있는 병기다 보니 차가람이 허리에 차고 있는 서역식의 반월형의 기형도와는 사뭇 대조를 이루고 있었다.

덕분에 뜨거운 국물이 사방으로 튀었다. 옷에도 튀고 젖은 것은 물론이다.

차가람은 인상이 구겨졌지만 참기로 했다.

조용히 손수건을 꺼내서 닦아냈다. 그리고 뜨려던 대접에 국자를 담았다.

"야, 내 말 안 들려!"

쾅!

다시 한 번 놈이 식탁을 내려쳤다.

역시 그놈이다. 목소리 굵은 놈.

놈이 식탁을 내려치는 순간에 차가람은 바닥을 밀었다.

의자가 뒤로 주르륵 밀려났다.

의자가 밀려나는 순간에 몸을 뒤로 살짝, 많이는 말고 살짝 뒤로 실었다.

의자가 미끄러지다가 뒤로 넘어간다.

넘어가는 그 힘 그대로 차가람은 식탁을 뒤집었다.

허공으로 식탁이 튀어 올랐다.

반대로 넘어가던 차가람의 신형은 중심을 잡았다. 의자에 앉은 그대로다.

식탁을 차버린 차가람은 냉정한 표정 그대로를 유지하며 침착하게 의자에 앉아서 놈의 대응을 기다렸다.

식탁이 엎어져도 상처는 입지 않는다.

또 모르지. 재수없으면 뜨거운 국물에 델 수도 있고, 정말로 재수없으면 식탁 위에 있던 젓가락에 꽂힐 수도 있는 일이니까.

차가람은 쌤통이라고 생각했다. 더불어서 이 정도면 알 만큼 알았을 테니까 물러나기를 원했다. 또 한편으로는 아예 이 기회에 싹을 잘라 버리게 놈이 달려들었으면 좋겠다는 생각도 있었다.

역시 한 수 갖춘 놈이다.

놈은 날아오는 식탁을 대감도로 후려쳤다.

"봤지? 저년이 먼저 쳤어. 다들 봤지?"

식탁이 쪼개지면서 사방으로 튀었다.

하지만 워낙에 재수없는 놈인지라 대감도의 사내는 옷만 버렸다.

"아쭈! 역시 한 수 감추고 있는 계집인데?"

놈은 대감도를 바닥에 내려쳤다.

이번에는 칼자루가 아니라 칼날 끝으로 말이다.

대감도가 쿵! 하는 소리를 내며 나무 마룻바닥에 꽂혔다.

"이 나으리의 옷에 국물 튄 것 어떻게 할래?"

대감도의 사내가 두 다리를 벌리고 섰다.

사내와 차가람 사이의 거리는 열 자 정도다. 한 번의 도약으로 사정거리 안으로 뛰어들 수 있는 거리다. 그리고 대감도의 사내는 굳이 도약이 필요없을 것이다. 칼 길이만 일곱 자니까.

사내는 대감도를 치켜들고 위협하듯이 공중에서 칼바람을 일으키며 시범을 보였다.

마치 자신이 엄청난 고수라도 되는 것처럼 말이다.

순간 차가람은 멍하니 그 모습을 바라보았다.

그 모습이 머릿속에서 다른 영상과 겹쳐졌다.

이단이 칼바람을 일으키던 모습으로. 그의 칼끝에서 칼은 비늘을 만들어냈다. 반원형의 비늘이다. 비늘이 겹치고 겹쳤다. 칼은 쉼없이 원을 그렸고, 원과 원이 포개지면서 한 장의 도강을 엮은 비단을 뜨고 있었다.

금빛 찬란한 비단이 허공에 펼쳐졌다.

'첨밀밀!'

이단이 칼을 쓰는 것을 본 적은 없다.

첨밀밀은 광마가 펼쳤었다.

하지만 순간적으로 차가람의 머릿속에서는 이단이 첨밀밀을 펼치는 것처럼 보였다.

왈칵 그에 대한 그리움이 솟았다.

차가람은 고개를 흔들었다.

"아쭈! 고개를 흔들어? 싫다, 이거지? 네년이 관을 봐야 눈물을 흘리겠구나!"

대감도의 사내가 칼자루를 양손으로 잡으며 치켜 올렸다.

그리고 앞으로 한 걸음.

차가람이 놈의 사정거리 안으로 들어갔다.

놈이 내려치거나 베고 들어오면 늦는다.

차가람은 의자에 앉아 있던 그 상태 그대로 앞으로 엎어졌다.

차가람은 그 힘을 도움 받아 앞으로 엎드린 자세에서 두 손, 두 발로 착지를 했다. 착지를 하는 것을 넘어서 바닥에 엎드렸다. 엎드리며 발 뒤에 걸린 의자—좀 전까지 그녀가 앉아 있던—를 뒤로 차 넘겼다. 의자가 직선으로 앞으로 쏘아

간다.

의자를 날리기가 무섭게 바닥을 치고 뒤로 빠졌다. 벽을 등지고 바로 섰다.

콰자자작!

이어서 의자도 부서졌다.

놈이 대감도로 의자도 모두 걷어냈다. 부서지고 쪼개지고······.

하지만 뒤집어쓴 국물만은 피하지 못했다.

소리치며 놈이 칼을 치켜들고 달려들었다.

'그럴 줄 알았어!'

차가람은 바닥에 쪼그리고 앉듯이 신형을 낮췄다. 간발의 차이로 차가람의 머리 위로 대감도가 지나갔다.

다음 순간에 도약, 한순간에 놈을 향하여 날아갔다.

수아아악.

차가람은 칼을 뽑았다.

뽑는 느낌도 안 들었다.

반월형의 칼은 마치 한 번 흐름을 타면 멈출 수가 없는 것처럼 자연스럽게 칼집에서 흘러나왔다. 왜 이 칼이 이렇게 만월을 그릴 정도로 휘어져 있는지 알았다. 처음 뽑아보는 것이지만 그것만으로도 충분했다. 칼을 잡고 칼자루를 당기는 것과 동시에 칼은 칼집을 벗어나고 있었고, 발도와 동시에 공격은 이루어졌다. 칼이 생긴 모양이 그렇게 되도록 만들어주고 있었다.

차가람은 정확하게 놈의 사타구니 사이를 횡으로 그었다.

"크아아아악!"

놈이 소리치며 자리에 주저앉았다.

"아!"

놈은 통증에 비명을 질렀지만 차가람은 드러난 결과에 놀라서 비명을 질렀다. 마치 칼을 휘두르는 사람이 자기라는 것을 모르는 것처럼 말이다.

차가람의 신형이 다시 한 번 회전했다. 그녀의 육체는 의지와는 상관없이 움직이고 있었다.

'이건 아니야!'

차가람은 급히 칼의 방향을 바꾸었다. 그녀의 의지가 할 수 있는 것은 거기까지가 한계였다.

싹둑!

놈의 상투가 잘렸다. 급히 바꾸지 않았다면 놈의 목을 쳤으리라.

바닥에 주저앉은 놈은 두 손으로 사타구니 사이를 움켜쥐고 있는데, 그곳은 이미 피로 시뻘겠다. 움켜쥔 손가락 사이로 지금도 피고 솟구치고 있었다.

차가람은 칼날을 보았다.

그러면서 지금 자신이 무엇을 했나 생각해 보았다.

흥분해 있었다.

너무 흥분해서 저놈의 목을 베어버리고 싶었다.

피가 끓었다.

놈의 죄라면 그녀를 희롱하려 했다는 것밖에 없었다. 그런데 차가람은 놈의 남자의 상징에 칼자국을 냈고, 그것도 모자라 놈의 목을 취할 뻔했다.

내가 왜 이러지?

차가람은 흥분을 가라앉히려 했다. 하지만 그러면 그럴수록 더욱 흥분하고 있었다.

분노는 가라앉았는데 다른 방향으로 흥분하고 있었다. 몸이 뜨거웠다.

문득 남자가 있었으면 좋겠다는 생각이 들었다.

'이단, 이단……'

머릿속에 온통 그 남자 생각밖에 안 났다.

차가람은 칼을 든 채로 밖으로 뛰쳐나갔다.

우물가로 가서 차가운 물을 뒤집어썼다.

한 통, 두 통, 세 통……

그렇게 몇 바가지를 머리에 퍼붓고 나서야 차가람은 흥분을 가라앉힐 수 있었다.

왜 이런지 알 수 있었다.

감정이 고조되는 것과 동시에 내공이 발동했다.

신농계는 특별한 내공술이 있는 곳이 아니다. 세상 사람들 다 아는 운기토납 수준이다.

사패 중에서도 가장 처지는 곳이 신농계다. 의술에 조예가 깊고 명약을 제조할 줄 몰랐다면 사패에 껴주지 않았을지도 모른다.

그런데 차가람은 무공을 펼치는 순간 정확하게 운기를 했고, 내공을 실어서 칼을 움직였다.

그 운기와 내공은 이름을 율갑혼정기라고 했다.

율갑혼정기.

운기와 동시에 성욕이 일어난다.

그리고 그것은 그녀에게 짝을 이루고 만족을 주던 이단을 끊임없이 찾게 만들고.

차가람은 이단이 세상심결 이야기를 하던 것이 생각났다.

모든 것이 율갑혼정기 때문이다.

율갑혼정기를 끌어올리면 남자는 양기, 여자는 음기 쪽으로 틀어진 내공의 음양의 조화를 위해 성욕이 일게 되었고, 그것을 배출하거나 보충하지 않으면 안 된다.

그것을 누르기 위해 이단은 세상심결을 구했던 것이고, 차가람도 그에 합당한 무언가가 필요했다.

차가람은 바닥에 주저앉았다.

"왜 이렇게… 왜 이렇게 된 거야!"

그 자리에서 울음을 터뜨렸다.

울면서 차가람은 몸을 식히기 위해 또 찬물을 머리에 퍼부었다.

잠시 후, 차가람은 물을 뒤집어쓴 채로 객잔 안으로 들어섰
다.

싸늘한 냉기가 실내에 가득 찼다.

"수석. 처음부터 다시."

차가람은 얼음장처럼 차가운 어조로 말을 했고, 점소이는
기다렸다는 듯이 물 대접들을 내놓았다.

"만월의 마녀[彎月魔女]지?"

"쉿!"

누군가 속삭였다가 곧바로 제지당했다.

"호로록, 호로록."

객잔 안에는 차가람이 국물과 음식을 떠먹는 소리 외에는
아무 소리도 안 들렸다.

순백의 경장 무복, 그 위에 까만 장삼, 그리고 허리에는 기
형의 만월도. 하얀 피부를 가진 미녀가 한 번 칼을 뽑으면 반
드시 피를 보고야 만다. 그녀의 미모에 취해서 달려들었다가
는 앞으로 남자 구실도 못할 것이다.

칼질? 전광석화와도 같다.

동작? 물 흐르듯 자연스럽다.

초식? 그녀가 제대로 초식을 완성한 것을 본 사람조차 없었
다. 이미 그전에 그녀는 모든 것을 끝내고 칼을 접었으니까.

그녀라는 것을 어떻게 알까?

항상 무공을 펼치고 나면 그녀는 꼭 차가운 물로 머리를 식혔다. 목욕하듯이 온몸에 뒤집어쓴다.

사람들은 그녀의 이름도 모른다.

출신도 모른다.

어디에서 왔는지 알 수가 없다.

강호 사람들은 그녀의 이름을 모르는 대신 그녀에게 새로운 별호를 붙여주었다.

만월의 마녀. 그녀의 이름은 만월의 마녀.

만월마녀의 소문이 아미산 일대에 퍼지기 시작했다.

　　　　　*　　　*　　　*

말수레를 몰면서 해석은 뒤를 힐끔거렸다.

수레를 모는 사람으로서 해석은 성도를 지나면서 사람들의 눈길을 의식하지 않을 수가 없었다.

관 하나만 덩그러니 놓여 있는 을씨년스러운 말수레다. 뿐인가? 그 곁을 눈처럼 하얀 백의를 입은, 밤에 봤다면 귀신이라는 소리 듣기에 딱 좋은 미녀가 해석 옆에 앉아 있으니 결코 평범할 수가 없는 일행이다.

하물며 관이랑 같이 짐칸에 앉아 있는 소녀까지 있으니……

하지만 해석이 뒤를 힐끔거린 이유는 자기 일행의 몰골이 가관이라서가 아니다.

사람들의 눈길이 문제다.

지나가는 모든 사람들이 그들을 힐끔거리는데, 해석은 안다. 사람들이 보는 것이 자기와 수레 뒤에 실린 관이라는 것을 말이다. 정작 흉흉한 분위기를 연출하는 당사자는 바로 옆에 있는 눈처럼 하얀 백의의 설아인데 사람들은 설아를 보고도 못 본 척하는 것인지, 또는 정말로 못 보고 있는 것인지 수레에 실린 관을 보고는 모두 자기만 바라보고 있을 뿐이다.

뭔가 이상하다. 무엇인지 모르지만 무언가 크게 잘못되어 있었다.

어떻게 사람들은 설아를 보고도 아무렇지도 않을 수가 있는 것이지?

그나마 다행인 것은 해석은 성도를 관통하는 동안 개방 사람이라면 알 수 있는 표식을 남겼다는 것이다. 개방의 암호를 읽을 줄 아는 사람이라면 자신이 성도에서 멈추지 않고 계속 수레를 몰고 있다는 것을 알 것이다.

해석이 그런 고민을 하는 사이, 그들 네 사람이 타고 가는 수레는 벌써 성도를 빠져나가고 있었다.

벌써 해가 지고 있는 것이 오늘도 노숙을 피할 수 없을 것 같았다.

　　　　*　　　　*　　　　*

　저녁 무렵이 되어서 성도의 모기장으로 한 무리의 손님들
이 방문했다.

　일곱 명에 남녀노소가 섞여 있는 일행인데, 한 가지 공통점
이 모두 녹의를 입고 있다는 것이다. 사천당가다. 보령현에서
여기까지 내려왔다.

　그들이 왔다는 소식에 모택근은 직접 정문까지 뛰어나와
서 그들을 맞았다. 서둘러 나가느라 연적을 엎었고, 비단옷에
먹물이 번졌지만 모택근은 괘념치 않았다.

　거상(巨商) 모택근에게 사천당가는 중요한 거래처이기도
했지만, 그보다 사천당가에게 거상(巨商) 모택근은 세상으로
연결되는 통로이기도 했다.

　대부분의 물건을 자급자족하는 사천당가였지만, 모든 것
을 당가와 당가타 안에서 해결할 수는 없는 법이고, 때문에
몇 군데의 거래처를 통해 필요한 물건을 조달했고, 그곳을 통
해 당가와 당가타의 물건을 팔기도 했다.

　사천당가의 약이야 이미 강호에 정평이 나 있는 판국이고,
보통 나무 막대기에 사천당가의 전갈과 뱀의 표식이 찍혀 있
기만 하면 그 물건은 절세의 고수도 제압할 수 있는 암기로
인식되고 있는 판국이니 사천당가와 거래를 할 수 있다는 것

만으로도 큰 이윤을 남길 수 있었다.

하지만 사천당가는 그런 거래선을 함부로 만들지 않는다. 암기와 독은 그만큼 기밀을 요구하는 물건이기 때문이다. 그래서 사천당가는 절대 신뢰할 수 있는 곳, 예를 들자면 교룡피와 뼈, 교룡삭 등을 아무 조건 없이 맡아서 보관해 줄 수 있는 곳, 그 정도로 신뢰할 수 있는 곳을 거래처 삼는다. 그런 곳은 찾기도 힘이 든다. 그래서 한 번 거래를 맺게 되면 그 거래는 특별한 하자가 없는 한 계속될 수밖에 없었고…….

외부 출입 자체가 드문 사천당가인만큼 거래처를 통해 들어오는 물건과 정보는 사천당가 밖의 것인 셈이니 그곳이 곧 세상으로 나가는 출입구인 셈이다.

그래서 사천당가 사람이 한 번 밖을 나가면 꼭 들르는 곳이 바로 이 모택근의 모기장 같은 곳이다.

"어떻게 기별도 없이 오셨습니까? 오신다는 소식도 못 들었는데……."

말은 그렇게 했지만 아무도 그 말을 곧이곧대로 믿는 사람은 없었다. 이미 겪을 것은 다 겪은 모택근이다. 이미 사천당가의 사람들이 민산을 떠났다는 것을 알고 있었고, 당초석은 그럴 것이라고 생각하고 있었다.

모택근은 그들을 안으로 안내했다. 벌써부터 모택근은 사천당가 사람들이 묵을 방을 준비해 놓고 있었다.

"들으셨는지 모르겠습니다만, 얼마 전에 식마의 꼬리가 드러났다고 합니다."

사람들이 자리를 잡자마자 모택근은 강호 이야기부터 꺼내 들었다. 단연 최근의 화두는 오마에 대한 이야기다.

광마를 통해 요마의 정보를 알아내려 했는데, 요마는 못 찾고 광마만 죽었다. 그러던 참에 이번에는 식마다.

사람들의 눈빛이 초롱초롱 빛났다.

하지만 가주 당초석의 신경은 자꾸만 다른 곳에 쏠렸다. 방 밖이다. 실내의 그들 말고 벽 너머에 누군가 있었다. 문이 아니라 벽이다. 다른 사람들은 못 느끼고 있는지 몰라도 고수만이 느끼고 있는 감각은 그것을 알려주고 있었다.

은근슬쩍 고개를 밖으로 돌리려는데, 한창 이야기에 귀를 기울이고 있는 당파추와 눈이 마주쳤다. 순간 작달막한 키의 늙은 영감이 실눈을 뜨며 웃어 보였다. 당초석은 곧 그 뜻을 알아차리고 고개를 돌렸다. 당초석뿐 아니라 당파추 역시 누군가의 존재를 눈치채고 있었던 것이다.

당파추도 알고 있으니 안심이다. 행여 무슨 일이 있어도 당파추가 알아서 진두지휘할 것이다.

안심을 하고 당초석은 운기를 시작했다.

몸은 가만히 있는데 그의 영(靈)은 서서히 몸을 떠나기 시작했다. 그와 동시에 그의 몸에서 빠져나온 가느다란 내공의 촉수가 벽을 뚫고 안으로 흘러들어 갔다. 내공에 몸을 실은 당초석의 영은 내공의 흐름을 따라 밖으로 함께 떠내려가기 시작했다.

선감주망신공(先感蛛網神功)!

거미는 거미줄에 걸린 것이 먹잇감인지 아닌지 거미줄을 통해 전해지는 진동만으로 알아차린다.

마찬가지로 시술자는 몸에서 빼낸 내공의 실을 거미줄처럼 뻗쳐서 상대를 찾아낸다. 용독과 암기를 위해서 반드시 갖춰야 할 사천당가의 비전 절기! 바로 선감주망신공이다.

하지만 선감주망신공이 처음부터 지금과 같은 모습을 갖춘 것은 아니었다.

초기에는 내공을 사방으로 뻗어서 거미줄처럼 그물을 형성해야만 했는데, 이 방법에는 여러 가지 단점이 있었다.

우선 내공의 수위에 따라 펼쳐지는 그물의 넓이가 달라졌고, 다음으로는 상대가 걸리기만을 기다려야 했다. 한마디로 거미처럼 거미줄을 치고 걸리기만을 기다리는 수밖에 없었다. 만약 상대가 상당한 수련을 통해 움직이지 않고 참고 있을 수 있다면 무용지물이 되는 셈이다. 대부분의 살수들은 그런 수련을 거친다.

그런데 무엇보다 이 수법의 가장 큰 문제점은 내공의 소모가 극심하다는 것이다.

넓고 얇게 펼치는 것이 관건인만큼, 그리고 내공의 그물이 항상 살아 있게 유지해야 하는 만큼 많은 노력도 필요하고, 그와 동시에 심신을 매우 피곤하게 만든다. 결국 고생은 고생대로 해놓고 제 풀에 혼자 지쳐서 뒤통수를 맞을 수 있다는 말이다.

그에 반하여 최근에 새로 개발된 이 방법은 그런 단점을 꽤나 극복할 수 있게 했다.

먼저 육(肉)과 영(靈)을 분리한다. 일종의 유체이탈이다. 이 비법은 사 년 전 치열한 전쟁을 겪은 끝에 그 반대급부로 얻은 술법의 이치를 가미해서 진화시킨 결과다.

그리고 육신에서 흘러나온 내공을 따라 영을 움직인다. 어쩌면 영을 따라 내공이 흐르는 것인지도 모른다. 그에 대하여는 이 새로운 수법에 대한 좀 더 많은 연구가 필요하다.

그렇게 함으로써 얻을 수 있는 장점은 꽤 많았다.

우선 내공을 굳이 넓게 펼칠 필요가 없다. 그냥 길게 나가면 된다. 내공은 영을 실어서 보내는 역할일 뿐이다. 수색은 육체를 벗어난 영이 한다. 육체와 영을 분리하는 과정이 수련이 필요하지, 내공 소모도 거의 없고 상대 또한 시술자의 탐색을 파악하지 못한 채 걸리게 된다.

돌아오는 것 또한 쉽다. 내공에 실려서 거슬러 올라오면 되니까 말이다. 내공은 영이 육을 잃어버리지 않기 위한 끈일 뿐이다.

전보다 훨씬 개량된 선감주망신공을 따라 당초석의 영은 육을 벗어나 벽 안쪽에 있는 사람을 찾았다.

어렵게 찾을 것도 없었다.

그는 굳이 몸을 숨기려 하지도 않았다.

그저 조용히 벽 너머에서 안에서 나누는 이야기에 귀를 기울이고만 있었다.

검은 옷에 검은 갓, 그리고 가슴에는 한 자루의 날이 넓은 도를 품고 있다.

얼굴은 안 보인다.

하지만 낯익은 사람이다. 외모를 보고 하는 말이 아니라 느낌을 갖고 하는 말이다.

'네가……!'

곧 당초석은 그가 누구인지 기억해 냈다.

당초석이 내공을 거둘 때쯤, 어느새 이야기는 민산에서 벌어졌던 사건으로 넘어갔다.

"듣자 하니 뜬금없이 낭왕마저 정무련이나 수라방은 안 들르고 성도를 지나쳤다고 합니다."

"성도를 지나쳐요?"

들뜬 목소리, 흥분한 어투다. 당초석은 소리가 나는 방향으로 고개를 돌리고는 인상을 찌푸렸다. 당방현이다. 낭왕이라는 이름에 흥분을 한 것인지도 모른다.

하지만 당초석은 곧 그 생각을 잊었다. 그것보다 중요한 문제가 그의 앞에 있었기 때문이다.

*　　　*　　　*

"갈왕, 갈왕······."

이한은 동파를 흔들었다.

동파 옆에서 자고 있던 기녀들이 눈을 비비며 몸을 일으켰다가 방 안에 이한이 있는 것을 알고는 화들짝 놀랐다.

벌써 해가 지고 있는데 얼마나 잠에 곯아떨어졌으면 저 모양일까?

몸을 추스르는 기녀들은 제대로 걷지도 못했다.

이한은 혀를 찼다.

무공을 익히고 몸을 단련해서는 기껏 하는 짓이 이것이다.

들어오면서 점소이로부터 듣자 하니, 갈왕 동파는 날이 밝아올 때까지 그 짓을 했다고 한다. 한 계집을 가지고는 성이 안 차서 둘이나 끼고 말이다. 점소이가 혀를 내두를 정도이니 얼마나 격렬했는지는 보지 않아도 알 수 있었다.

그나저나 기녀를 둘씩이나 끼고 잘 돈은 어디서 생겼나? 어디 하늘에서 전낭이라도 떨어졌는지 모르겠다. 여일위가 이한에게 맡긴 전낭은 아직 고스란히 그의 품에 있으니 잘되었다고 이한은 생각했다. 한편으로는 이 부족한 남자, 동파를 다시 상관으로 모셔야 한다고 생각하면 화가 나는 일이지만, 이렇게 짭짤한 부수입이 생긴다면 굳이 마다할 필요는 없다고 생각했다.

"어? 왜 그래? 무슨 일이야?"

"갈왕, 청사군이 나갔소."

"청사군이? 수라방의 청사군? 나랑 상관없는 일이잖아."

동파는 다시 드러누웠다.

"아수라 유달이 청사군을 이끌고 나갔고, 바로 그 뒤로 취왕의 봉문도 따라 나갔소."

드러누웠던 동파가 벌떡 일어났다.

"봉문이? 홍란이 왜?"

이한이 눈을 흘겼다.

"모르셨소? 련주께서 아수라 유달에게 식마를 찾으라는 명을 내리셨소. 식마라는 말에 취왕이 쫓아간 것이고. 식마와 음마야 검각의 원수가 아니오."

동파가 자리를 박차고 일어났다.

순간 이한의 얼굴이 일그러졌다.

밤새 그 짓을 해놓고도 그의 물건은 여전히 성을 내고 있었다.

"어디로? 어디로 간다더냐?"

"아미산으로 갔소. 밖에 준비를 다 해놓았으니 서두르면 이삼 일이면 따라잡을 수 있을 게요."

이한의 말이 끝나기도 전에 동파는 밖으로 뛰쳐나가고 있었다.

第四十章
어찌 된 것이냐?

狼王 왕

그날 밤, 당초석은 모택근을 찾았다. 마침 잠자리에 들려던 차라 모택근은 황당한 표정으로 그를 맞았다. 아무리 급한 손님이라도 이렇게 늦은 시간에 약속도 없이 집무실로 찾아오는 경우는 없으니까 말이다. 방으로 들어서자마자 당초석은 모택근이 숨 돌릴 틈도 주지 않고 대놓고 물었다.

"호위를 새로 구하셨습니까?"

허를 찔린 모택근은 잠시 뜸을 들였다.

"호위야 새로 들일 수도 있고, 있던 호위를 다른 사람으로 교체할 수도 있는 것 아니외까!"

"낭왕 이단을 마음에 두고 있었던 것으로 압니다만……."

"헛헛헛, 그 친구가 요즘 워낙에 잘나가다 보니까……."

당초석은 실눈을 뜨고 모택근의 내면을 검색하는 듯한 표정으로 말했다.

"결국 새로 구하셨다는 말씀이로군요."

모택근은 더 이상 감출 수 없다는 것을 깨달았다.

"아, 실명객(失名客)이라고, 만나보신 적은 물론 들어본 적도 없으실 것입니다."

"그래도 장주께서 호위로 거두셨다는 것은 그만한 실력이 있다는 뜻으로 생각됩니다만……. 그런 사람이 아직까지 무명일 리는 없을 터."

"전혀요! 아무리 강호사에 밝으시다 해도 아실 리가 없습니다. 아직 강호에는 제대로 나선 적이 없는 친구라니까요."

모택근은 극구 부인했다.

안 되겠다고 생각했는지 당초석은 단도직입적으로 말했다.

"그래도 들여서는 안 될 사람을 들였습니다."

"아, 당가주께서는 모르는 사람이라고 제가……."

"소용없습니다, 모 대인."

모택근의 등 뒤 병풍 사이로 한 사람이 모습을 드러냈다. 검은 옷에 검은 갓, 그리고 가슴에 안고 있는 폭이 넓은 도 한 자루. 깊숙이 눌러쓴 갓이 얼굴을 알아볼 수 없도록 만들었다.

"가주라면 한눈에 저를 알아볼 것이라고 제가 말했었지요?"

한동안 당초석은 말이 없었다.

모택근도 흑의인도 한동안 말이 없었다.

결국 먼저 말을 꺼낸 사람은 흑의인이었다.

"어찌 아셨습니까?"

당초석은 그것을 물을 줄 알았다는 것처럼 고개를 끄덕였다.

"처음 볼 때부터 질서(姪壻:조카사위)는 우리와는 다른 사람이라는 것을 알았으니까."

당초석은 더 이상 모택근과 이야기를 하지 않았다. 그의 상대는 실명객이라는 흑의인이다. 일전에 당가 사람들의 대화를 엿듣던 바로 그 흑의인이다.

"그랬군요."

실명객이 낮게 중얼거렸다.

당초석은 실명객을 정면으로 마주 보며 섰다.

"왜 안 돌아왔나?"

실명객은 당초석의 얼굴을 보고 있지 않았다. 대신에 그의 손을 보고 있었다. 넓은 소맷자락 속에 감춰져 보이지 않고 있는 손을 말이다. 사천당가 사람의 손이 소매 속으로 사라졌다가 다시 나올 때에는 항상 무언가 들려 있는 법이다. 소맷자락 속에 손을 감추었다는 것은 곧 출수 준비가 끝났다는 것을 의미하는 말이기도 하고.

"돌아가요? 누가 있다고 돌아가야 할까요?"

당초석은 괜한 것을 물었다고 생각했다.

그가 죽지 않았음에도 돌아오지 않았다는 것에서 실명객은 사천당가와는 인연을 끊으려 한다는 것을 알았기 때문이다. 당초석의 조카이자 실명객의 아내는 이미 죽었고, 그녀가 죽은 이상 더 이상 실명객의 미련은 없을 것이다.

당초석은 고개를 저었다.

"그래도 자네 딸이 있지 않은가?"

당초석은 흑의인이 웃고 있다고 생각했다.

"지금의 그 아이를 위해서 차라리 내가 없는 것이 나을 것이라는 생각은 안 해보셨습니까? 저마저 없다면 그 아이는 가문의 어른들의 보호 아래 잘 자랄 것이라고 말입니다."

당초석은 입을 다물었다. 흑의인의 말이 틀린 것이 아니기 때문이다. 그들 두 사람의 사망 소식을 접한 사천당가의 어른들은 부모 대신에 두 사람의 여식을 더욱 끔찍하게 아끼며 사랑해 주었다. 특히 당파추는 앞서 보낸 막내 손녀를 대신하기라도 하는 것처럼 그 아이를 아꼈다.

"하지만 돌아왔어야 하네."

당초석은 그것이 가문의 규율이라고 말하고 있었다.

"저어……."

때마침 모택근이 끼어들었다.

"제가 이런 말씀 드리기는 뭐합니다만, 당시 당… 장삼 공은 돌아가려야 돌아갈 곳이 없었습니다."

당초석은 슬쩍 인상을 구겼다. 이것은 가문의 일이다. 외인이 간섭할 일이 아니기 때문이다.

하지만 끼어들 만한 가치는 충분하다는 생각이 들었다. 그가 알지 못하는 사연이 있다는 뜻이니까 말이다.

"말해보라. 이야기를 듣고 결정하도록 하겠다."

당초석은 실명객이 웃고 있다고 생각했다.

"무슨 이야기가 필요하십니까? 이야기를 한다고 또 무엇이 달라지겠습니까? 이미 당신이 알고 있는 사람은 소취가 죽는 순간에 그녀와 함께 죽었거늘!"

                *   *   *

십 수 년 전, 장은궐은 당소취를 보는 순간 첫눈에 반했다. 부모와 나란히 말을 타고 지나가는 소녀가 그와 눈을 마주치자 콧방귀를 뀌는 것을 보고는 장은궐은 동료들에게 말했다.

"내, 저 여자가 이곳 형주(荊州)를 떠나기 전에 내 사람으로 만들지 않으면 나는 더 이상 장(張)가가 아니다."

이번에 처음으로 강호로 나온 어린 소녀의 눈에도 대감도를 품에 안고 있는 훤칠한 사내가 싫지는 않았고. 장은궐은 확실히 군계일학이었다. 함께 도를 쓰는 여러 동료들 사이에서 가장 눈에 띄는 사람이 바로 장은궐이었다.

두 사람은 자석의 양극이 서로를 잡아당기듯이 상대에게 끌렸고, 둘은 당소취의 어른들 몰래 서로의 감정을 확인했다.

하지만 둘은 맺어지기 힘든 사람들이었다.

장은궐은 홀어머니를 모시고 있었고, 당소취는 사천당가의 사람이었다.

사천당가의 남자들은 혼례를 치르면 여자를 가문으로 들이지만, 여자들 역시 남자를 데릴사위로 데려와야 한다. 가문의 비기를 밖으로 흘리지 않기 위한 조치다.

하지만 장은궐은 당소취를 쫓아 당가로 돌아갈 수가 없었다. 홀어머니를 두고 떠나기에는 장은궐의 효심이 너무나 깊었다고나 할까.

무엇보다 당소취는 부모를 따라나선 길이다.

장은궐은 말했다. 네가 사천당가 사람이라는 것을 알았다면 쳐다보지도 않았을 것이라고 말이다.

그 말에 당소취는 장은궐과 헤어질 결심을 할 수 있었다. 한 사람은 병든 노모가 있고, 다른 사람은 당 씨이기 때문에 둘은 헤어질 수밖에 없었다. 둘은 그렇게 서로를 가슴속에 새겨놓고 헤어졌다.

하지만 그 이별은 끝이 아니었다.

다시 사천당가로 돌아가던 당소취 일행에게 문제가 생겼기 때문이다. 그녀의 일행이 한낱 흑도의 수적 무리에게 싸구려 하품 미혼분에 당해 버린 것이다.

도도한 사천당가 사람들의 언행이 놈들의 심기를 불편하게 했기도 하거니와, 감히 사천당가의 사람을 누가 건드릴 것이냐고 방심했던 것이 문제다.

사실 놈들도 이들이 사천당가 사람이라는 것을 알았다면 건들지 않았을지도 모른다. 하지만 신분을 밝히지 않고 행하는 그들의 건방진 언행이 혹도 무리의 비위를 긁었다. 형주가 작은 도시도 아닌데, 남의 안마당에 와서는 집주인들을 깔보기를 밥 먹듯이 했으니 그들이 앙심을 품지 않을 리가 없었다.

그렇다고 사천당가 사람들이 그냥 당할 수는 없는 일.

당소취의 부모는 그녀에게 피화복을 씌우고 화우산(火雨傘)을 발동시켰다.

오리알만 한 굵기의 대통에서 열 길에 이르는 불길이 치솟았다. 그렇게 하늘로 솟구친 불꽃은 우산처럼 펼쳐지며 사방으로 불비, 화우를 내렸다.

그리고 형주 고성 인근에 큰 산불이 일었다.

뒤늦게 혹도 무리가 이들을 덮쳤다는 것을 안 장은궐이 서둘러 달려갔지만, 벌써 사람들이 화를 입은 후였다. 형주 고성을 뒤덮은 화재 속에서 장은궐은 겨우 당소취만을 구해낼 수 있었다.

그녀의 부모가 씌워준 피화복이 그녀를 살려낸 것이다.

바로 코앞에서 터진 화우산의 충격으로 당소취는 한동안 의식을, 그리고 그보다 긴 시간 동안 기억을 잃었다. 나중에 천천히 정신이 돌아오고, 자신이 당가의 사람이라는 것을 깨달았을 때에는 이미 당소취는 장은궐의 아내가 되어 있었다.

이제 와서 당소취는 남편과 시어미를 두고 혼자 당가로 돌아갈 수도 없었다.

결국 당소취는 가정을 꾸리고 형주에 자리를 잡았다.

그리고 세월은 흘렀고, 둘은 아이까지 낳았다. 귀여운 딸아이다. 그렇게 세상을 잊은 두 사람은 행복하기만 했다.

그러던 중에 당소취 일행을 찾아 당가에서 사람들이 나왔다. 일 년으로 예정된 강호 유람이 약속했던 이 년이 다 되어도 소식이 없었기에. 그리고 당소취는 마지막으로 소식이 끊긴 형주에서 발견되었다. 운명이랄까. 그들 중에는 얼마 전에 유산을 한 소취의 사촌 언니마저 끼어 있었다.

여전히 장은궐은 형주를 떠날 수 없었다. 더욱 쇠약해진 홀어머니가 이제는 몸져누웠기 때문이다.

당 씨 성을 버린 당소취이지만, 그래도 자기 딸아이만큼은 번듯하게 키우고 싶었다. 형주로 오기 전까지만 해도 세상 부족한 것 없이 지낸 당소취였다. 그래서 딸아이에게는 그런 삶을 주고 싶었다. 그리고 그녀가 엄마이기를 포기한다면 그것을 줄 수 있었고.

당소취와 장은결은 어려운 결정을 내렸다. 당소취가 돌아
가지 않는 대신에 딸아이를 그들 품에 안겨서 보내기로 말이
다.

그렇게 당방현은 당 씨 성을 물려받았다.

몇 년 후에 결국 장은궐의 어머니는 임종을 거두었고, 장은
궐을 당소취의 소원대로 당가로 들어갔다. 혈혈단신인 장은
궐에 비해서 당소취는 당가의 여식이었고, 그녀의 형제들이
모두 그곳에 있으니까 말이다. 장은궐은 안다. 세상에 혼자
남은 사람의 슬픔을. 억지로 천륜을 끊어서까지 당소취에게
그것을 알게 할 필요는 없었다.

그래서 두 부부는 사천으로 들어왔고, 그때부터 그는 장은
궐이 아니라 당은궐이었다.

다른 표현으로 당장삼이라 불렸다. 사천당가로 장가온 장
씨 중에 세 번째라는 뜻이다.

하지만 장은궐의 그곳에서의 생활이 편하지만은 않았다.

데릴사위이기에, 진짜 당 씨가 아니기에 가질 수밖에 없는
한계가 너무도 뚜렷했다.

사천당가의 비전 절기는 그들에게 전수되지 않았고—굳이
알고자 하지도 않았지만—행동에도 많은 제약이 있었다. 어디
를 가도 마음 편하게 갈 수가 없었고, 가서는 안 되는 곳은 왜

그리도 많은지…….

게다가 소취를 붙잡고 놔주지 않은 사람이라는 전죄(前罪)가 족쇄가 되었다.

무엇보다도 자유분방한 당은궐의 사고와 행동이 사천당가의 규율과 자주 부딪쳤다.

두 사람은 몇 년 만에 그들의 딸아이를 만났지만, 당방현은 그 두 사람을 엄마, 아빠가 아니라 이모, 이모부로 알았다.

당소취는 이제라도 그것을 고치려 했지만 당은궐이 반대했다. 벌써 당가 사람들 모두 당방현을 그들의 조카로 생각하고 있는 판국에……. 무엇보다 당방현은 가주 당초석의 친손녀가 되어 있었다. 그것을 부러 고쳐서 얻을 것 하나 없는 방계 혈통으로 만들 필요가 있겠냐는 것이 당은궐의 주장이었다.

그렇다고 못 보는 것도 아니고 못 만나는 것도 아니며, 함께 지내지를 못하는 것도 아니지 않은가! 아이에게 더 많은 것을 줄 수 있는데 무엇 하러? 애초에 아이를 떠나보낸 이유가 바로 그것 아니었나! 아이에게 줄 수 있는 더 많은 혜택 말이다.

이미 성을 버린 당은궐에게는 혈통이나 핏줄이라는 것이 별 의미가 없었다. 다른 당 씨 일문의 아이들보다 더 많은 정이 갈 뿐이다.

그렇게 두 사람은 당 씨 가문에 합류했고, 당은궐은 다른 당 씨들과 어울리지 못하고 겉돌았다.

그러던 와중에 장강에서 교룡이 발견되었다.

당은궐은 형주 출신이다.

형주는 장강의 길목 중에서도 한가운데이고.

당장에 당은궐이 지목되었다. 당은궐이 그 임무를 마다할 사람이 아니고.

오랜만에 강호 유람이니 두 사람은 방현을 데리고 나섰다. 방현이 태어나서 처음 갖는 세 사람만의 가족 여행이다.

그러다 사단이 벌어졌다.

당방현이 교룡의 독에 중독이 되었고, 그들이 교룡을 잡았다는 것이 발각되었다.

당방현을 이단에게 맡기고 당소취와 당은궐은 헤어졌다.

두 사람은 마교도들에게 쫓겼다.

사천당가의 비전 절기에서 한발 떨어져서 지낸 당은궐은 접근전에만 힘을 발휘했고, 독과 암기는 모두 당소취의 역할이었다. 그 와중에 실수로 당은궐이 독에 중독되었고. 당소취는 마지막에 동귀어진의 수법, 화우산을 발동시켰다.

며칠 후 당은궐은 깨어났지만, 불에 탄 산 중턱에서 살아 있는 것은 자신밖에 없다는 것을 깨달았다. 화우산이 산을 통째로 불에 태워 버린 것이다.

당은궐이 살아날 수 있었던 것은 한 가지, 당소취가 화우산을 발동시키면서 피화복을 자신이 입은 것이 아니라 의식을 잃은 당은궐을 그것으로 감쌌기 때문이다. 그녀의 부모가 그랬던 것처럼 말이다.

화재의 현장에서 당은궐을 발견한 사람은 모택근이었다.

행여나 뭐라도 건질 것이 있을까 그곳을 뒤지다가 유일한 생존자를 발견한 것이다.

하지만 당은궐을 꽤 오랫동안 자신이 누구인지 기억을 못했다.

모택근도 그 유일한 생존자가 당은궐인 줄 몰랐다. 모택근은 정황을 알기 위해서 당은궐을 치료했고, 당은궐의 기억은 서서히 돌아왔다. 하지만 화상으로 녹아버린 그의 얼굴은 끝내 돌아오지 못했다.

뒤늦게 자신을 되찾은 당은궐은 복수를 다짐했지만, 이미 백련교도의 난은 정리가 된 후였다.

당소취도 없는데 이제 와서 당은궐은 사천당가로 돌아갈 의미가 없었다. 어차피 당소취가 없는 이상, 그들은 모두 남이기 때문이다.

그리고 백련교도의 난은 끝났지만 당은궐의 복수는 끝이 나지 않았다.

그때부터 당은궐—이제는 실명객—은 모택근의 호위가 되어 강호의 정보를 모으기 시작했다.

거상 모택근의 곁이야말로 실명객이 운신하기에 가장 좋은 곳이기도 했고.

그 와중에 당방현이 당초석과 함께 강호로 나왔다.

당방현이 온다는 소리에 문득 실명객은 그의 내자가 떠올랐다. 당방현의 모습 속에서 젊은 시절의 당소취의 모습을 찾을 수 있었기 때문이다.

모택근은 실명객을 위하여 장소를 마련했다. 벽 속에 있는 통로에서 실명객이 그들을 볼 수 있도록 말이다.

실명객은 반대했다.

다른 사람은 몰라도 당초석은 그를 찾아낼 것이라고.

"그럼 언제까지 도망 다닐 생각인가? 복수를 하려거든 아예 승낙을 받고 하게. 그럼 민산에서도 알아서 자네를 도울 것 아닌가!"

모택근은 다른 것은 몰라도 언변 하나는 뛰어났다. 그런 말발이 그를 단시간에 거상으로 만들었던 것이고. 결국 실명객은 안 되는 줄 알면서도 모택근의 말에 설득당했다.

무엇보다 당가의 눈을 피해 도망 다닌다는 것이 마음에 걸렸음이다.

그리고 실명객 장은궐은 예상대로 발각되었다.

*   *   *

"이제 어쩔 셈인가?"

그것부터 묻는 당초석의 목소리는 차가웠다.

대답에 따라서 즉결 처분을 할 수도 있고 방면할 수도 있다
는 뜻이다.

　"복수는 아직 시작도 못했습니다."

　"자네 실력으로 복수를 할 수 있으리라 생각하나?"

　실명객 장은궐은 거친 목소리로 외쳤다.

　"실력은 부족하지 않을 만큼 닦았소!"

　"그럼 막아봐라."

　소리치는 것과 동시에 당초석은 손을 썼다.

　이것도 막거나 피하지 못한다면 복수는 물 건너간 것이다.
당초석은 정말 죽일 각오로 손을 썼다.

　동시에 허공에 일곱 개의 별이 빛을 뿌렸다. 당파추의 칠성
돈이다.

　일곱 개의 별은 하나임과 동시에 일곱 개다. 하나를 피하면
여섯이 달려들고, 하나를 막으면 나머지 여섯이 그를 막으려
들 것이다.

　당초석은 실명객이 칠성돈을 피하지 못할 것이라 생각했
다. 당파추가 노년에 얻은 심득이기에 그것을 아는 이 또한
적을 뿐만 아니라, 오 년 전에 사천당가를 떠난 실명객으로서
는 전혀 알 수 없는 사천당가만의 초식이었기 때문이다.

　하지만 일은 그의 뜻대로 되지 않았다.

　당은궐의 말대로 그의 실력은 눈에 띄게 달라져 있었다. 아
니, 사람 자체가 달라져 있었다.

당초석이 움직이는 것과 동시에 실명객은 도를 휘둘렀다. 폭이 넓은 도신이 횡으로 보호막을 만들었다. 동시에 일곱 개의 별을 막은 것이다.

하지만 그것이 끝이 아니었다.

산수무흔 당초석이 가주인 이유는 눈에 보이는 공격을 할 때 동시에 눈에 보이지 않는 공격을 펼치기 때문이다. 그래서 산수무흔이다. 손을 써도 손을 썼다는 것을 아무도 모르기 때문이다. 사천당가의 무공의 산 표본이라 할 것이다.

실명객은 그것을 알고 있었다.

그래서 피하는 대신에 안으로 파고들었다.

당초석은 뒤로 뛰었다.

당초석이 뒤로 빠졌기 때문에 실명객은 그가 있던 자리를 점할 수밖에 없었다.

대신에 실명객은 그 자리에 도를 꽂았고, 그 칼을 디딤판 삼아 더 빠른 속도로 당초석을 덮쳤다.

빈손이다.

"미친⋯⋯!"

소리치며 당초석이 손을 들었다. 독과 암기로 무장한 당가 사람에게 맨손을 날리는 것은 미친 짓이다. 당초석은 실명객이 복수심에 이지를 잃었다고 생각했다.

순간 당초석의 손과 실명객의 손이 부딪쳤다. 쉿소리가 울렸다.

쇳소리는 쇠와 쇠가 부딪쳐야 울린다. 한쪽은 쇠지만 다른 쪽도 쇠여야 한다.

당초석이야 그의 애병인 철연척(鐵軟尺)을 휘둘렀다. 하지만 분명히 실명객은 맨손이다.

"그만!"

한 번 부딪친 후 당초석은 뒤로 빠지며 소리쳤다.

"어찌 된 것이냐?"

당초석은 실명객의 손을 보았다.

엿가락처럼 휘어진 철연척이 실명객의 손을 휘감았고, 실명객은 손을 뒤로 뺐지만 철연척은 정말 엿가락처럼 쭈욱 늘어졌다. 실명객이 손을 빼는 것보다 당초석의 동작이 더 빨랐던 셈이다.

당초석은 실명객 장은결의 검은 손을 보았다.

그것은 사람 손이 아니었다. 손처럼 생긴 철퇴다. 철퇴 위에 가죽 장갑을 씌워놓았을 뿐이다.

"어찌 된 것이냐?"

당초석은 같은 말을 반복했다.

머뭇거리던 실명객은 머리에 쓰고 있던 갓을 벗었다.

실명객의 일그러진 얼굴이 드러났다. 허옇고 뻘건 살 사이로 눈구멍 두 개, 콧구멍 한 개, 입 구멍, 귓구멍이 뚫려 있을 뿐이다. 털도 없고 피부도 없다. 그가 살아 있다는 것은 입술 사이로 흘러나오는 거친 숨소리만이 증명하고 있었다.

　　　　　*　　　　*　　　　*

　"호오오오."

　완당군은 침상 위에서 운기행공을 끝을 냈다.

　정수리 위에서 떠돌던 다섯 개의 고리가 그의 콧속으로 빨려 들어갔다.

　만족스러웠다.

　벌써 사 갑자의 내공이다.

　율갑혼정기의 힘은 대단했다.

　그것을 피가 꽉 차서 눕지 않고 곧추서 있는 가죽 주머니가 증명하고 있었다. 그의 두 다리 사이에 있는 물건 말이다. 그것이 하늘로 고개를 치켜들고 있었다.

　"준비는?"

　완당군이 소리쳤다.

　문이 열리고 비단 나의로 몸을 가린 어린 소녀가 조심스럽게 들어왔다.

　몸에 걸친 것이 바로 비단 나의다.

　당연히 그것 밑에는 아무것도 없다.

　"이리로."

　완당군은 손을 뻗었다.

　오늘따라 참 고운 아이다.

마음에 들었다.

약간 겁을 먹은 소녀는 후덕해 보이는 완당군의 표정에 안심을 한 것 같았다.

나이 지긋한 할아버지인데 무슨 일이 있겠냐마는…….

게다가 비단 침상이다.

꽤 높으신 신분의 영감이리라.

소녀는 완당군을 향해 조심스럽게 걸어갔다.

소녀는 여기까지 오는 데에도 많은 절차를 거쳐야 했다.

먼저 목욕을 했던가.

아니다. 우선 시녀들이 소녀가 아직 처녀성을 갖고 있는지 무려 세 사람이 세 번에 걸쳐서 확인했다.

그다음이 목욕이었다.

처음 받는 대접이었다.

집에서도 찬물로 대충 씻을 뿐인데, 여기에서는 머리까지 잠길 수 있는 커다란 욕조에 뜨거운 물을 가득 담아서 꽃잎까지 띄운 물에서 목욕을 했다.

소녀는 가만있기만 하면 되었다.

다른 사람들이 알아서 소녀를 목욕시켜 주었기 때문이다.

그다음에 시녀들은 소녀의 머리를 빗겼다.

고운 참빗으로 소녀의 머리에 이나 서캐가 없나 꼼꼼히 따지면서, 또 머릿속에 다른 상처는 없나 확인도 했다.

빗고 또 빗었다.

처음에는 거친 빗질이 아팠지만, 머릿결이 완전히 자리를 잡자 이제는 빡빡한 참빗이 자연스럽게 미끄러졌다.

그리고 향유를 발랐다.

향유를 바르는 동안 소녀는 가만히 누워만 있었다. 시녀들이 소녀의 전신에 향유를 바르고 문질렀다.

무슨 기름인지 향유는 깨끗이 소녀의 피부 속으로 스며들었고, 바로 누웠던 소녀는 엎드렸다. 이번에는 뒷목에서부터 시작해서 등과 엉덩이, 발목까지 하나도 빠짐없이 향유를 발랐다.

향유가 완전히 몸속으로 스며들자 소녀를 일으키고 나의를 둘렀다.

점심을 먹고, 검사하고 목욕을 시작했는데 벌써 한밤중이다.

배가 고팠지만 일이 끝나야 먹을 수 있다고 했다.

일이 얼마나 걸리는지는 안 알려주었다.

하지만 배불리 먹을 수 있을 것이다.

점심도 호화찬란했으니까.

평소 소녀의 가족들이 한자리에 둘러앉아서 먹던 밥 한 종지에 한가운데에 찬 하나만 있는 식사가 아니었다.

아무래도 소녀는 좋은 집의 대감의 셋째나 넷째쯤 되는 첩실로 간택된 것 같다고 생각했다.

이곳이 어디인지는 모른다.

처음부터 가마에 실려서 들어왔으니까 말이다.

어쨌거나 태어나서 처음 받는 대접이다.

소녀는 앞으로 모시게 될 나리가 젊었으면 좋겠다고 생각했다.

소녀가 나의를 두르자 시녀들은 소녀를 대기하게 했다.

이어 가마가 다시 나타났고, 소녀는 가마를 타고 또 다른 곳으로 실려 갔다.

소녀는 생각했다.

아무래도 대단히 높으신 영감인가 보다고. 그러니까 이렇게 이곳저곳으로 옮겨 다니지.

드디어 가마는 어느 곳에 도착했고, 안에서 소리가 들렸다.

이제 소녀 차례. 소녀는 그녀가 알아야 할 주의 사항이라도 있지 않을까 염려했지만, 아무도 그런 것에 대해서는 이야기하지 않았다. 소녀는 용기를 내고 안으로 들어갔다.

늙은 영감이 안에 있었다.

젊은 사람이면 좋겠다고 생각했는데 아쉬웠다.

하지만 상관없었다.

엄마가 이야기하기를, 늙은 사람은 힘이 없어서 금방 끝이 난다고 했다.

그리고 자주 부르지도 않는다고 했다.

그러니까 오히려 늙은이가 좋다고도 했다.

소녀는 잘되었다고 스스로를 위로했다.

이것으로 한동안 엄마, 아빠랑 동생들이 배불리 먹을 수 있을 테니까 말이다.

소녀는 대감집의 첩실로 팔려온 것에 대해 불만이 없었다.

좀 더 젊은 분이었더라면 좋았을 텐데…….

아쉬워하면서 소녀는 나리에게 다가갔다.

'설마 저게 그거야?'

나리에게 다가가던 소녀는 자신이 잘못 본 것이라고 생각했다.

그럴 리가 없다.

엄마는 분명히 늙은이의 것은 힘이 없어서 대부분 축 늘어져 있다고 했는데……. 저건 아닐 것이다. 왜냐하면, 그녀가 지금 보고 있는 그것은 마치 막대처럼 꼿꼿하게 서 있었기 때문이다.

"<u>오오오!</u>"

늙은 나리가 감탄사를 흘린다.

소녀는 살짝 겁이 났지만 그래도 괜찮다고 생각했다.

오히려 소녀가 마음에 안 들면 나리는 소녀를 다시 다른 곳에 팔아버릴 수도 있을 테니까 말이다.

이런 곳에서 먹고살면 불편한 것은 없을 것이다. 다른 사람이 매일 목욕도 시켜주고 좋은 것도 먹일 테니까.

나리가 나이도 있으니까 자주 부르지도 않을 테니까.

자주 안 불러서 좋겠다는 생각에 소녀는 자기도 모르게 미
소를 지었다.

"오오~!"

소녀가 미소를 짓는 것이 나리의 마음에 들었나 보다.

나리는 소녀를 끌어안았다.

나리의 몸에서 불쾌한 이상한 냄새가 나기는 했지만, 싫은
내색은 안 했다.

나리는 소녀를 꽉 끌어안았다. 책상다리를 하고 앉은 채로
소녀를 끌어안았다.

"아!"

소녀는 인상을 찡그렸다. 아팠다. 하지만 소리를 지르면
안 된다고 생각했다. 그래서 소리를 참기 위해 입술을 깨물었
다.

"악!"

그래도 아팠다.

"악!"

어떻게든 소리를 참으려 했는데 안 된다. 너무나 아파서 눈
물이 다 났다.

"악!"

무언가 잘못된 것 같다. 왜 이렇게 된 거지? 몸이 찢어진
다.

정말이다.

그녀가 본 그게 말로만 듣던 그것이었다.

그것이 그녀의 몸을 찢고 안으로 들어왔다.

이건 아니다! 왜 이렇게 된 거지?

소녀는 잘못되었다고 소리쳤다.

아프다고 소리쳤다.

잘못했다고 소리쳤다.

용서해 달라고 소리쳤다.

그만해 달라고 소리쳤다.

나중에는 제발 살살 해달라고 사정하듯이 소리쳤다.

소리치다가 목이 말랐다.

눈물도 말랐다.

침도 말랐다.

그리고 손도 말랐다.

몸도 말랐다.

몸이 안에서부터 텅 비어가는 느낌이 들었다.

소녀는 무언가 잘못되었다고 생각했다.

완당군은 천천히 옷을 입었다.

비록 사 온 소녀지만 아까웠다.

정기를 조금 남겨둘 수 있었더라면 죽지는 않았을 텐데 그
만 소녀가 너무 예뻐서 참지를 못했다.

완당군은 문득 궁금해졌다.

과연 내가 참을 수 있을까?

못 참을지도 모른다.

아니다. 못 참을지도 모르는 것이 아니라 못 참을 것 같았다.

한 번 음의 정기를 빨아들이기 시작하면 상대의 정기가 고갈될 때까지 참을 수가 없었다.

하지만 상관없었다. 굳이 참을 생각이 없으니까 말이다.

다 마셔야 한다. 다 빨아들여야지. 그의 욕구는 계속되었다.

하지만 좋았다.

운기행공의 과정도 좋았고, 부족한 음기를 보충하는 방법도 좋았다.

율갑혼정기는 정말 그의 마음에 쏙 들었다.

여기에 결과까지 좋았다.

벌써 삼 갑자다. 사 갑자가 이제 얼마 남지 않았다.

삼 갑자를 이룬 이후, 지금까지 열다섯 살 내외의 계집 열명.

한 갑자를 새로 쌓았으니까 한 계집당 육 년씩이 조금 안 되는 것 같다. 하나만 더 하면 사 갑자를 넘길 것 같다.

'흐음.'

좀 효율성이 떨어지는 것 같았다.

지난번에 한 갑자를 새로 쌓을 때, 이 갑자에서 삼 갑자 내공으로 올릴 때에는 여섯 명이면 되었던 것 같은데…….

뭐, 상관없었다.

돈으로 사 올 수 있는 계집은 아직도 많으니까.

완당군은 만족스런 미소를 띠면서 방 밖으로 나갔다.

"치워라."

굳이 말하지 않아도 용비교 시보가 알아서 치울 것이다.

다음에 그가 다시 이 방을 찾았을 때에는 또 다음 계집이
준비되어 있을 것이고.

생각만으로도 완당군은 흡족했다.

* * *

청성파는 아침에 도착한 소식으로 인해 뒤집혔다.

그동안 청성산 일대에서 신도와 행락객들을 괴롭히던 도
강자돈이 어제는 드디어 도강언현으로 들어왔기 때문이다.

청성파의 도관은 청성산에 있지만, 가장 중요한 곳은 도강
언이다. 칠십여 개나 되는 도교 사원들이 신도들의 시주만으
로 먹고살 수는 없는 법이다. 게다가 명문정파라는 이름값도
해야 하고. 결국 청성파의 젖줄은 바로 도강언이다. 그곳에서
의식주가 다 나온다. 그래서 도강언에서는 관가보다 더 힘이
센 곳이 바로 청성파이다.

그런데 바로 그 도강언으로 도강자돈의 일당이 들어왔다

가 유유히 사라졌다는 소식이 들려왔다. 그것도 청성파에서 도강언을 지키기 위해 내려갔던 사람들을 물리치고 말이다.

소식을 전해 들은 청성파는 당장에 추포조(追捕組)를 내려 보내기로 했다. 전에 없던 빠른 결정이었다. 그만큼 청성파가 도강자돈에 대해 신경이 날카롭다는 반증일 터.

지난 몇 년에 걸친 도강자돈의 횡포를 참지 못하고 내려보 낸 추포조인지라 청성파가 자랑하는 사람들로 구성되어 있었 고, 그런 만큼 도강자돈의 일당을 잡아서 청성파로 압송하거 나 뿌리를 뽑겠다는 각오가 분명히 느껴졌다.

해가 넘어가기도 전에 추포조는 도강언현으로 들어섰다. 그들이 가장 먼저 들을 수 있는 이야기는 도강자돈의 일행이 관을 사고 성도로 향하고 있다는 정보다.

도강언에서 성도까지 이백 리.

그 소식을 들은 추포조는 그들을 쫓아 성도로 방향을 돌렸 다.

*   *   *

정무련에서 아수라 유달을 선봉으로 삼아 청사군을 아미 산 인근 지역으로 파견한다는 소식은 곧바로 아미파에게도 전달되었다.

"그래서 젊은이들로 구성된 청사군만으로 식마를 잡겠다

고? 이거야말로 이란격석이로세. 아미타불."

소식을 들은 장문인 일절 사태는 합장을 하며 불호를 외웠다. 벌써부터 죽은 사람들의 극락왕생을 비는 것 같았다.

"꼭 그렇게만 볼 수 없지 않겠습니까? 오마가 어떤 자들인지 누구보다 잘 아는 사람들이 바로 정무련일 터. 분명히 생각한 방도가 있어서 보내지 않았을까요?"

성적사의 방장(方丈)을 맡고 있는 소절 태사(紹絶太師)가 반문했다. 아미파를 대표하는 곳을 말하라면 사람들은 복호사와 성적사를 떠올릴 것이다. 아미산에 산개해 있는 백이십여 개의 사찰 중에서 역시 정수는 아미산 금정의 복호사요, 최대는 그 아래 있는 성적사일 것이다. 그러니까 장문인 일절 사태와 성적사 방장 소절 태사가 아미파를 대표하는 두 사람이라 할 것이다.

"그럼 어찌하면 좋겠습니까?"

일절 사태가 조심스럽게 물었다. 직접 힘을 쓰기보다는 교화하는 쪽을 택하는 사람이 일절 사태다.

"커허허헛. 그렇다고 아미산의 영역을 제집 안마당처럼 들락거리도록 놔둘 수도 없는 일."

소절 태사가 당연한 것을 묻냐는 듯이 대답한다.

일절 사태가 그런 사람이라면, 그에 반하여 천의 중생을 구제하기 위하여 열 마귀에게 벌을 내림으로 일벌백계를 삼을 수 있다는 사람이 소절 태사다. 그가 일절 사태에게 장문인

직을 양보하게 된 것 또한 그 때문일 것이다.

일절 사태는 조심스럽게 질문을 던졌다.

"정무련에서 굳이 아미산으로 사람들을 보낸 것으로 보아 그들 역시 식마와 음마의 행적을 발견했다고 봐야 옳겠지요?"

"그러게 제가 장문 사태께 누누이 고변하지 않았습니까! 그들의 꼬리를 발견한 이상, 처단을 해야 한다고 말입니다. 놔두고 있으면 언젠가는 꼬리가 밟힐 것이고, 그러면 결국 본파에 누를 끼치게 된다는 것도 말입니다."

소절 태사의 말에 일절 사태는 불호만 외웠다.

아미파에서도 이미 식마의 행방에 대해 파악한 후였다. 그럼에도 아미파가 직접 손을 쓰지 않고 있었던 것은 일절 사태의 장고(長考)가 한몫을 하고 있었다.

백련교의 난이 끝이 난 지 벌써 사 년이다. 그 마두는 사 년이 지나도록 별 탈 없이 잘 숨어 지내고 있었다.

벌써 사 년이다. 무려 사 년 동안 식마는 그의 살욕을 감추고 은거하고 있었다. 어쩌면 그냥 은거가 아니라 정말로 개과천선한 것인지도 모른다.

만약 이대로 발견되지 않고 잘만 넘어갈 수 있었다면 일절 사태는 그의 행방을 알고도 그냥 넘어갔을지도 모른다.

하지만 문제는 그곳이 바로 아미파의 영역 안이라는 사실이다. 등잔 밑이 어둡다고, 식마는 바로 그의 행적이 마지막까지 확인되었던 그곳, 아미파의 영역 안에 숨어 있었던 것이다.

일절 사태는 결심했다.

정무련에서 사건을 해결하도록 놔둬서도 안 된다.

아니, 정무련에서 파견되는 청사군만으로 해결될 일이 아니다. 식마를 무시해도 너무 가볍게 봤다.

그냥 두었다가는 식마에게 청사군은 회복하기 힘든 치명상을 입을 것이고, 그러면 곧 그 책임은 아미파에게 돌아올 것이다. 아미파가 그곳에 있고, 식마가 아미산에 있다는 것이 죄다.

식마가 숨어 있는 것을 몰랐을 뿐만 아니라, 식마가 아미파의 영역에서 살인과 사건을 저지르고 도망가는 것을 방조한 죄! 아미파는 아무것도 하지 않고도, 아무것도 하지 않았기 때문에 그렇게 손가락질 받을 것이다.

아미파의 장문 사태로서 그런 일이 벌어지도록 방관할 수는 없는 일이다.

그들 전에 사건을 정리해야 한다.

"누가 나와 소절 태사께서 찾는다고 홍초당에 사람을 보내거라."

일절 사태는 사람들을 불렀다.

第四十一章

손님이 또 있군

사건 발생 후,
십팔 일.

　해석은 다시 말들을 수레에 비끄러맸다.

　뒷정리도 끝이 났다. 노숙을 끝내고 이제 다시 아미산을 향해 출발할 때다.

　쉰 시간은 고작 두어 시진 정도.

　설아는 해석에게 마차를 쉬지 않고 몰도록 했다. 한밤중이 되어서 이제는 아무것도 안 보이게 되니까 그제야 쉬자고 했고, 다시 날이 밝으니까 또 이동할 준비를 시작한다.

　"배고파."

　수레 위에서 혜민이 다 죽어가는 목소리로 소곤거렸다. 물론 혼잣말이다.

"간밤에는 날이 어두워서 여기가 어딘지 몰랐는데 이제 알겠습니다. 재 너머 객잔이 하나 있는데요, 거기 음식이 나름 먹을 만합니다. 그래서 항상 사람들로 북새통을 이루곤 하걸랑요. 저도 사부 쫓아서 자주 들를 기회가 있었는데, 아닌 게 아니라 주인이 인심도 후해서 보시도 잘합니다."

혜민을 달래기 위해서라도 해석은 일부러 기운찬 목소리로 말했다.

하지만 해석의 말에 아무도 반응이 없었다.

설아야 당연히 조용한 사람이고, 수레의 짐칸에 관이랑 같이 앉아 있는 혜민마저 말이 없었다.

설아야 그렇다 치더라도 혜민이 말이 없는 것은 좀 문제다. 혜민은 해석과 마찬가지로 관 속의 이단에 대한 걱정 때문에 다른 소리가 들리지 않는 중이다.

자연스럽게 해석의 시선이 수레에 묶어놓은 목관으로 향했다. 그의 표정에서 걱정이 고스란히 드러난다.

이단이 관 속에 들어가 드러누운 지 벌써 사흘째다.

"정말 그냥 놔둬도 됩니까?"

그저께 낮에 관에 들어간 이단이 아직도 안 나왔기 때문이다. 그 이후 먹지도 않고 자지도 않고……. 산 사람이라면 한 번이라도 나와서 오줌똥이라도 보는 게 정상이건만, 이단은 죽은 것처럼 관 안에 누워 있었다.

"걱정 말아요. 수련 잘하고 있으니까."

설아가 대답했다. 얼음장처럼 차가운 목소리다. 듣고 있는 것만으로도 충분히 소름이 돋게 할 그런 목소리였다.

해석은 한숨을 내쉬며 고개를 좌우로 흔들었다. 그로서는 백 번 죽었다 깨어나도 알 수 없는 일이고, 고민을 해도 소용없는 짓이다.

참으로 믿을 수 없는 두 사람이다.

하나는 보지도 않고 모든 것을 알고 있고 묻지 않아도 답을 하는가 하면, 다른 하나는 스스로 죽으러 관 속으로 들어가는 사람이다.

하마터면 해석은 '수련'이라는 두 글자를 놓칠 뻔했다.

"수… 련이라고요? 그러니까 지금 낭왕은 수련 중이라는 이야기입니까?"

"맞아요."

설아는 표정 하나 바뀌지 않고 대답했다.

"죽은 것 같지만 아직 살아 있는 것과 마찬가지로, 잠들어 있는 것 같지만 자고 있는 것이 아닙니다."

"아니, 관 속에서 무슨 수련을 할 게 있다고……."

삐이이이.

때마침 설아의 어깨 위에 있던 독수리가 울음을 토했고, 순간 중얼거리던 해석은 입을 다물었다.

처음으로 설아와 얼굴이 마주쳤다. 그녀가 해석과 눈을 마주치는 것처럼 그를 향해 얼굴을 돌렸기 때문이다. 여전히 그녀의 두 눈은 꼭 감겨 있다. 하지만 이제 해석은 알았다. 설아는 그가 모르는 방식으로 그를 보고 있다는 것을 말이다.

"보이지 않는다고 해서 없는 것이 아닙니다. 오히려 눈을 감으면 그동안 보지 못하던 것을 느낄 수 있습니다. 새소리, 바람결, 맑은 공기, 서늘한 기운……. 이것들은 모두 다 눈에 보이지 않는 것들입니다. 인간은 눈을 뜸으로 인해서 많은 것을 잃어버렸습니다. 또한 눈을 감으면 아무것도 보이지 않으니 더욱 자신의 육과 영에 집중할 수 있겠지요. 이단은… 죽은 것도 아니고, 그렇다고 산 것도 아니니 영은 그 어느 때보다 자유롭고 활발할 수 있습니다. 육이 가진 물리적인 한계를 벗어나 있으니까요. 생로병사를 떠난 이 순간, 이단은 그 어떤 때보다도 더욱 집중해서 자기 자신을 마주하고 있을 것입니다. 그러니 이것을 어찌 수련이 아니라고 할 수 있습니까!"

그녀의 이야기를 듣는 순간 해석은 등골이 서늘했다. 설아의 두 눈은 여기에 없다. 그가 모르는 곳에서 그를 내려다보고 있으리라. 마치 그녀 앞에 발가벗은 채로 서 있는 듯한 충격에 몸서리를 쳤다.

끼이이이, 푸드득.

설아의 어깨 위에 앉아 있던 독수리가 한차례 울음을 토하더니 하늘로 날아올랐다.

그제야 설아는 얼굴을 돌렸고, 해석은 안도의 한숨을 내쉬었다. 알 수 없는 살기에 기가 죽었나 보다. 해석은 차마 설아의 얼굴을 정면으로 보지 못하고 곁눈으로 힐끔거리기만 했다. 설아는 마부석 옆자리에 앉아서 벌써 출발할 준비를 하고 있었다. 이제 해석이 마부석에만 앉으면 바로 출발할 태세다.

그때 해석은 보았다.

설아의 눈처럼 하얀, 핏기라고는 전혀 찾아볼 수 없는 이마에 살짝 주름이 잡히는 것을 말이다.

해석은 문득 깨달았다.

설아는 살아 있는 사람이다.

얼음장같이 차가운 그녀지만 그녀에게도 감정이 있었다.

"다른 길로 가지요."

"에?"

뜬금없는 말 한마디에 해석은 깜짝 놀랐다.

"다른 길로 가요."

다른 길이라니? 재만 넘으면 객잔이 있고, 그곳에서 뜨거운 아침을 먹을 수 있는데 갑자기 웬 다른 길이란 말인가?

대답도 없이 설아는 어느새 마부석으로 옮겨 앉고 있었다.

해석은 황급히 말 머리를 붙잡았다. 행여나 설아가 말고삐를 잡아챌까서다.

"다른 길로 간다고요? 이제 아미산에 다 왔는데? 앞으로 조금만 더 가면 아미산에 도착하는데 다른 길이라니? 왔던 길을 다시 되돌아가기라도 한단 말입니까?"

설아는 설명 대신에 행동으로 보여주었다.

"타지 않으면 출발합니다."

"아, 자, 잠깐."

해석이 뭐라 말할 틈도 없었다.

벌써 설아는 말고삐를 움켜쥐고 흔들어댔다.

설아의 돌출 행동에 놀란 말들이 앞발을 치켜들고 내달리려 했다. 해석은 황급히 말 머리를 잡아챘고, 겨우 놀란 말들을 진정시켰다.

해석은 황급히 수레에 올라앉았고, 관과 함께 짐칸에 앉아 있던 혜민은 행여 무슨 일이라도 일어나는 것은 아닐까 가슴을 졸이고 있었다. 그 와중에도 수레에서 떨어지지 않기 위해 손잡이를 꽉 움켜쥐고 있었다.

"이랴~!"

전에 없이 설아가 서둘렀다. 그녀의 서툰 솜씨에 말들은 어떻게 해야 할지를 몰라 울음을 토하면서 투레질을 해댄다. 말도 감정이 있는 동물인지라 신경질을 부리는 것이다.

해석이 설아로부터 말고삐를 빼앗았다.

"알았어요. 말은 예민한 동물입니다. 그렇게 함부로 다루면 안 됩니다. 무슨 이유인지 모르지만 그렇게 하겠습니다. 되돌아가서 다른 길로 접어듭시다."

해석이 설아를 밀어내고 마부석에 앉았다. 그제야 설아는 평소와 다름없는 무표정한 얼굴로 돌아갔다.

해석은 다시 말수레를 몰아서 왔던 길을 되돌아가기 시작했다. 이게 도대체 뭐 하는 짓거리인가? 한숨이 절로 나왔다.

삐이이.

하늘에서 우는 독수리의 울음소리가 울렸다.

*   *   *

아침 식사와 출발 준비로 소란스럽던 객잔이 차가람의 등장으로 침묵에 휩싸였다.

피식.

차가람은 혼자 실웃음을 흘렸다.

그녀 때문이다.

만월의 마녀라는 이름은 주왕이라는 별호보다 더 큰 힘을 발휘하는 듯했다.

차가람은 자신의 행색을 확인했다.

백의에 검은 장삼, 그리고 허리에는 만월도, 소지품도 다 챙겼다. 이상이 없다는 것을 확인한 차가람은 문을 밀었다. 몇 곳에서 아쉬운 한숨 소리가 흘러나온다. 무슨 뜻인가? 더 이상 볼 수 없어서 서운하다는 뜻일까?

상관없었다.

어차피 남인데, 뭐.

차가람은 천천히 객잔을 나섰다.

맑은 공기와 함께 파란 하늘이 그녀를 반겼다.

"사람 마음과는 상관없이 하늘은 오늘도 파랗구나!"

차가람의 입에서 절로 한숨이 흘러나왔다.

차가람은 자세히 보기 위해 손으로 하늘을 가렸다.

맞다. 잘못 본 게 아니다.

하늘에 작은 점 하나가 떠 있었다.

새다.

저렇게 높이 나는 새라면 분명히 독수리가 틀림없다.

혹시 이단의 독수리일까?

피식.

차가람은 자기도 모르게 헛웃음이 흘러나왔다.

그럴 리가 없다.

설마 바로 곁에 설아가 있는데 이단이 뭐가 아쉬워서 그녀
를 쫓아 여기까지 왔을라고.

차가람은 챙이 넓은 갓을 머리 위에 썼다.

얼굴로 그늘이 드리워진다.

삐이이.

하늘에서 우는 독수리의 울음소리가 울렸다.

            *   *   *

날이 밝자 이번에는 모기장이 뒤집혔다.

손님으로 와 있던 두 사람이 없어졌기 때문이다.

바로 당방현과 당방혼 남매다.

납치당한 것이 아니다. 문지기 말로는 먼저 당방현이 나가고, 당방현이 나가자마자 당방혼이 쫓아 나갔다고 한다.

당초석은 어찌 그것을 모르고 있었냐고 화를 냈지만 그 점은 당초석 역시 피할 수 없는 비난이었으니, 본인 역시 할 말이 없었다. 그도 그럴 것이, 모택근이 귀한 손님이라고 각자 한 명당 방 하나씩을 배정했기 때문이다.

그래서 옆방 사람이 나가는 것도 몰랐고, 알았어도 잠깐 어디 모방이나 물을 찾아가는 것이겠거니 했으리라.

당초석은 당장 찾으라고 소란을 벌였지만 소용없는 일이었다. 당방현은 아무런 쪽지도 없이 나갔기 때문이다. 당방혼은 여동생을 쫓아 나갔다는 것인데…….

그나마 다행스러운 것은 없어진 사람이 또 있다는 것이다. 실명객이다.

"실명객이 같이 없어졌다는 말입니까?"

모택근의 이야기에 당초석은 다시 한 번 확인하는 것처럼 되물었다.

그리고 조금이나마 안심이 되었다.

실명객이 왜 없어졌는지 알고 있기 때문이다. 당방현을 쫓아 당방혼과 실명객이 따라나섰으리라.

"곧 연락이 올 것입니다. 실명객은 우리 모기장 사람이니까요. 곧 모기장의 지점을 통해 소식이 올 것입니다. 사천에

서 우리 모기장의 눈을 피해 다닐 수 있는 사람은 없으니까
요. 조바심 내지 말고 기다리시지요."

당초석은 모택근이 따라 주는 차만 바라보면서 한숨을 내
쉬었다.

"이제 어쩔 게야?"

당파추가 묻는다. 이럴 때만은 평소의 경박함을 억누르면
좋겠지만 당파추라는 늙은이는 그럴 사람이 아니었다.

"여보시게, 모 대인. 아미산에서 무슨 일이 있다고?"

당파추 역시 당방흔, 당방현 남매가 아미산으로 가고 있다
고 짐작하고 있었다. 충분히 가능성있는 이야기다. 당방현은
이단을 만나고자 강호로 나왔고, 이단은 지금 도강언에서 성
도를 가로질러 곧장 남하하고 있다니까 말이다. 길 따라 남으
로 사백 리를 내려가면 바로 아미산이다.

"아직 일이 있는 것은 아니옵고……."

상대가 괄괄한 성격으로 유명한 당파추인지라 모택근도
말조심을 했다.

"식마가 발견되었다지? 식마라면 현아 그 아이의 철천지원
수인 사마와 한통속인 것은 세상 사람 누구나 다 아는 일이
고. 안 그런가?"

모택근은 더 생각할 것도 없이 옳다고 했다.

*　　　*　　　*

일절 사태는 모인 사람들을 둘러보았다.

일절 사태와 소절 태사의 부름을 받고 아미산 중심의 사찰에서 파견된 사람들이다. 아직은 모두 승인들이지만, 산을 내려가면 소식을 듣고 달려온 속가제자들도 있을 것이다.

전부 무승(武僧)이다.

그들을 하나하나 얼굴을 확인하던 일절 사태는 시선이 승복을 입었으되 아직 삭발을 하지 않은 젊은 보살에게 이르는 순간 절로 인상이 구겨졌다. 삭발을 하지 않았음은 수계(受戒)를 하지 않은 수행승을 뜻한다.

그녀의 조카 매련이다.

청성파의 촉망받던 속가제자였던 그녀의 남편이 음마의 공격에 치명상을 입고 결국은 병상을 딛고 일어나지 못했다.

워낙 빼어난 미모를 자랑하던 매련이었던지라, 그리고 소박맞은 것이 아니라 사별한 것인지라 혼처가 잇따랐지만, 매련은 그 모든 것을 뿌리치고 아미산으로 들어왔다.

그녀가 승복을 입고 절에 들어온 지 벌써 사 년이 넘었다. 보통 출가해서 비구니가 되는 데에는 행자 일 년, 사미니(沙彌尼) 이 년이면 되지만, 아직도 그녀는 사미니일 뿐이다. 일절 사태가 그녀에게 사미니까지만 허락했지, 수계를 받고 비구니가 되는 것은 허락하지 않았다.

하지만 그녀의 뛰어난 무공 덕분에 이번 척마대에 뽑혔다.

일절 사태의 고민을 모르는 다른 승려들이 무공 하나만 보고 그녀를 선출한 것이다.

일절 사태는 눈을 돌렸다.

여기에서 그녀가 매련 사미를 두둔한다거나 척마대에서 배제시킨다면 다른 사람들은 그것을 장문 사태가 되어 가지고 혈연에 연연하는 것으로 볼 것이 틀림없다.

'홍초니, 지이(至易) 사니(師尼)가 옆에서 잘 처신하게 조절하는 수밖에……'

일절 사태는 마음속으로 아미타불을 염송(念誦)했다.

*　　　*　　　*

새벽에 출발했던 유달과 수라방의 청사군은 전방에 일단의 무리가 있다는 소식을 접했다.

잠깐 망설이던 유달은 곧 선규에게 신호를 보냈고, 선규는 즉시 산개(散開)를 명했다. 청사군의 군장이 유달이니 선규는 묵묵히 유달의 명령을 시행했다. 백호당만큼은 아닐지 몰라도 유달의 청사군은 조직과 체계가 잘 잡혀 있는 곳이다.

명령 하나에 젊은 무사들이 삼삼오오 짝을 짓고 등간격(等間隔)을 유지하면서 사방으로 흩어졌다.

조금 있으면 좌우익으로부터 선규에게 보고가 올라올 것이다. 학익진이 기본이고, 포위 섬멸이 지금 작전의 목표다.

오 년 전 백련교도의 난 때, 가장 크게 활약을 한 곳은 병가보의 백호당이다. 그 안에 뛰어난 고수는 없어도 젊은 무사들로 구성되어서 정규군의 전략전술을 가져와서 집단 전투에 탁월한 능력을 발휘했다.

백호당의 활약으로 젊은 피의 중요성을 안 전노군이 꾸린 조직이 청사군이다. 일설에는 뒤늦게 강호에 출사한 아수라 유달을 위한 자리를 만들기 위해 급조한 조직이 청사군이라는 말도 있었지만, 유달과 선규, 그리고 청사군은 맡은바 임무에서 실력을 유감없이 발휘했고, 짧은 시간에 명성을 얻는데 성공했다. 유달은 명령을 내렸고, 선규는 그의 명령에 따라 청사군을 이끌었다.

훈련받은 대로 흩어지는 수하들을 바라보며 유달은 거리낌없이 만족감을 드러냈다.

이들이 바로 그의 수하들이다. 온전한 그의 것! 아버지 전노군 유장한이 만들었지만 청사군의 수장은 자신이다. 백호당이 소패성 여일위의 것인 것처럼 말이다.

유달이 만족스런 표정으로 그의 청사군을 바라보고 있던 차, 좌익과 우익 양 날개로부터 선규에게 보고가 올라왔다. 배치가 완료된 것이다.

"진영을 유지한 상태로 앞으로 진입!"

유달은 명령을 내리면서 가장 먼저 안으로 진입했다. 스스로 선봉에 서겠다는 뜻이다.

뒤로 처진 선규는 앞으로 나서는 유달을 보면서 속으로 한숨을 내쉬었다.

유달은 전술을 모른다.

게다가 오랜만에 청사군을 이끈다는 생각에 흥분한 나머지 청사군이 출동한 이유를 까먹고 있었다.

목표는 식마다. 사람을 잡아먹는 식마! 불과 오 년 전에 사천 강호를 떠들썩하게 만들었던 마두다. 그 한 사람을 잡기 위해 지금 선규까지 포함해서 육십일 명의 병력이 출동했다. 그만큼 어려운 일이고, 식마와 조우하기 전까지는 최대한 기운을 아껴야 한다.

그런데 지나는 길에 정체불명의 무인들과 조우했다고 갑자기 포위 진격을 명하다니! 선규는 유달의 즉흥적인 발상에 절로 고개가 좌우로 흔들렸다.

그나저나 일단의 무인들이라니? 그들은 또 누구란 말인가?

이른 새벽에 정무련을 출발한 취왕 장홍란은 해가 완전히 떠오르자 정지를 명했다. 더 긴말이 필요없다. 유모 모용정의 지휘 아래 봉문의 이십여 여검사는 아침 준비에 분주해졌다.

때마침 선두로부터 연락이 왔다. 바로 앞에 청사군이 있다는 이야기다.

피식.

장홍란은 입술 꼬리를 끌어올리며 코웃음을 쳤다. 벌써 한

참 앞서 갔으리라 생각했던 청사군이 이제 고작 여기라니……. 장홍란은 청사군과 적당한 거리를 유지하면서 그들과 보조를 맞추기로 마음먹었다.

성도에서 아미산까지 사백 리에 가까운 거리이니 이 속도로 가면 이틀이면 도착할 것이다. 굳이 서둘 필요도 없었다.

"그런데 청사군의 동태가 이상합니다. 무언가 노리는 것이 있는데 그것이 무엇인지 알 수가 없습니다."

모용정의 말에 장홍란은 긴장하기 시작했다.

혹시 식마?

아닐 것이다. 이렇게 정무련과 가까운 곳에 버젓이 식마가 있을 리가 없다. 그리고 받은 정보에 의하면 식마는 아미산에 있다고 하지 않았던가?

그럼 뭘까?

잠시 고민을 한 장홍란은 결론을 내렸고, 그녀의 의사를 읽은 모용정이 대신해서 명령을 내린다. 여검사들이 신속하게 움직인다. 아침은 갖고 있는 건량으로 때우고, 검을 챙기고 조를 짜서 움직인다.

청성파의 젊은 제자 고창(高昶)은 한창 불을 피우고 있었다. 간밤에 내린 이슬 때문에 마른 장작을 구하기가 힘들었고, 그 덕분에 연기만 날 뿐, 불씨가 살아나지 못하고 있었다. 도강언에 나타났던 도강자돈의 무리는 청성파에서 척사단을

손님이 또 있군 287

내려보낸다는 것을 알았는지 꼬리가 빠져라 남쪽으로 달아났
다. 그나저나 그놈들 때문에 이게 무슨 고생이란 말인가!

연기 때문에 몇 차례 쿨럭거리던 고창은 인상을 찡그렸다.

부스럭거리는 소리.

인기척이다. 사람이 옆에 있으면 동물들은 소리를 내지 않
는다. 이럴 때는 어떻게 해야 하지? 순간적으로 고민했지만
고창은 이내 결론을 내렸다.

그리고 그의 친형 고적을 불렀다.

"적 사숙, 아무리 노숙 후에 먹는 조찬이라지만 그래도 토
끼라도 한 마리 잡아야 하는 것 아닙니까?"

사람들의 시선이 일제히 막내 고창에게 향했다.

기어검(期御劍) 모강(牟岡)은 곧바로 고창이 하는 말이 무슨
뜻인지 알아차렸다. 척사단을 이끌고 있는 청성파의 장로가
바로 모강이다.

형제지간인 고창과 고적인데, 사형제 간은 되더라도 사
숙─사질 관계는 될 수 없기 때문이다. 고창이 고적을 사숙이
라 부른 것은 이상이 있다는 신호다.

역시 모강의 사형인 청성파의 장문인 일점혈(一點血) 고흥(高
興)의 손자들다웠다.

"호오, 토끼라⋯⋯. 좋은 일이지. 누가 앞장서서 토끼 사냥
에 나갈 테냐?"

청성파 제자들이 눈치 빠르게 일제히 검을 잡았다.

"제가 몇 명 데리고 갔다 오면 어떻겠습니까?"

이십대 후반의 젊은이가 앞으로 나섰다.

고적이다. 청성파 이대제자 중 연장자에 속한다. 이상한 낌새를 처음 발견한 고창의 형이기도 하고.

모강은 고적이라면 안심이라고 생각했다. 행동이 진중하고 사려가 깊어서 문중에서도 신망이 두둑한 아이다.

"옳거니. 네가 나서서 사람들을 골라보아라."

모강은 만족스런 미소를 지으며 곰방대에 손을 가져갔다.

고적은 몇 사람을 호명했다. 호명된 사람 중에 친동생 고창은 빠져 있었다.

단박에 고창의 얼굴에 실망감이 어렸지만 소용없는 일이다. 모강은 고적의 결정이 올바르다고 생각했다. 형제가 함께 움직이다가는 서로를 걱정하다 일을 그르치기 십상이다.

고적의 지시에 사람들이 움직이기 시작했다.

"누구냐?"

"소속과 이름을 밝혀라!"

누가 먼저 소리를 쳤는지 알 수 없었다.

두 사람은 서로의 존재를 확인하는 순간 칼을 뽑아 들었고, 누가 먼저랄 것도 없이 서로를 향해 달려들었다.

삽시간에 산골은 전장으로 바뀌었다.

수적으로는 확실히 청성파의 열세였다. 고작 다섯 명의 청성파 고수를 밀어붙이는 자들의 수는 수십에 달했다. 하지만 그들은 실력으로 그것을 만회하고 있었다. 거기에 오랜 기간, 적어도 십여 년 이상을 한솥밥을 먹으며 섞어온 손속이 진법을 형성하며 그 빈틈을 메워주고 있었다.

"칫!"

유달은 칼 부딪치는 소리를 듣고는 신경질적으로 쉿소리를 내며 달려갔다.

애초에 의도했던 것은 이런 것이 아니다.

칼질을 할 일도 아니고 힘을 쓸 일도 아니다. 그가 원했던 것은 오로지 하나. 육십 명에 달하는 청사군을 자신이 이끌고 있다는 것을 실감하고 싶을 뿐이다.

그런데 왜 이렇게 된 거지?

실수다.

청사군 전원을 전투 진형으로 배치한 것이 말이다.

"정지! 정지!"

유달은 칼부림하고 있는 전장으로 뛰어들면서 소리쳤다.

"붙었습니다."

염탐을 나갔던 여검사가 보고를 한다.

유모 모용정이 잠깐 장홍란의 표정을 살폈다.

말이 필요없었다.

벌써 장홍란은 앞으로 달려가고 있었다.

모용정은 서둘러 소리쳤다.

"반원진으로 소공녀를 중심으로 호위하라! 함부로 나서지 말고 주변 상황에 능동적으로 대처하도록!"

모용정의 말소리가 전달되기도 전에 봉문의 여검사들은 장홍란을 쫓아 움직이기 시작했다.

"칼을 거두어라! 나는 수라방의 아수라 유달이다! 소속과 이름을 밝혀라!"

유달은 목이 터져라 소리쳤다.

여기가 사천 땅인 이상, 그의 한마디는 싸움을 멈추기에 충분한 효력이 있을 것이라고 생각했다.

그리고 정말로 효력이 있었다.

앞에서 수라방의 도수를 몰아붙이던 검사가 검을 거두지는 않았지만 마지막 살수는 멈추었기 때문이다.

"그래서?"

검사는 검으로 도수의 묵직한 칼을 내쳤다.

"네가 부린 게냐?"

검사는 다짜고짜 검극을 유달에게 겨누며 물었다.

"어? 아, 아니, 그건……."

내 생각은 이게 아닌데……. 순간적으로 유달은 멈칫거렸다.

자신에게 검을 겨누는 저 자세. 분명 수라방의 아수라 유달

이라는 자신의 이름을 듣고도 기세가 약해지기는커녕 오히려
상대가 누군지 알아서 잘되었다는 식으로 거세어진다. 상대
가 세게 나오니 오히려 주눅이 드는 것은 유달이다.

자신을 바라보는 청사군의 시선이 느껴졌다. 이렇게 물러
나면 청사군의 군장으로서 체면이 말이 아니다.

유달은 화가 났다.

자기는 학익진으로 상대를 압박하라고 그랬지, 상대와 칼
을 부딪치라고 하지는 않았단 말이다.

이렇게 된 것은 나와는 상관없다. 내 책임이 아니다.

"부장!"

유달은 선규를 찾았다.

"예, 군장."

유달은 깜짝 놀랐다. 바로 등 뒤에서 대답이 들려왔기 때문
이다. 내가 긴장하고 있었나? 아무래도 그런 것 같았다. 그러
니까 선규가 뒤에 있는 것도 몰랐지.

"부장, 이게 어찌 된 일인가? 설명을 해보게."

유달은 말을 하면서 자신에게 검을 겨눈 상대를 힐끔거렸
다.

이쯤 되면 저들도 이게 내 명령이 아니라는 것을 알 것이
다. 어디 보자, 어디서 온 사람들인가? 도복에 도관. 청성파
다. 청성파가 여기까지 웬일일까?

유달은 선규의 말은 듣지도 않았다.

대충 손짓으로 선규에게 알았다고 신호를 보낸 후 유달은 그들을 향해 포권을 취했다.

"본의 아니게 일이 이렇게 되었소이다. 이 사람의 얼굴을 봐서라도 참아주시오."

유달의 인사에 정면의 도사는 검을 거두었다.

"귀하께서 그렇게 말씀해 주시니……."

정면의 도사의 수신호에 나머지 도사들도 모두 검을 거두었다.

"행여 사람이 다치지 않았으니 망정이지, 양측에 어느 누구라도 피를 보았다면 쉽게 해결될 일이 아니었구려."

짐짓 다행이라고 말을 하지만 내용인즉 유달을 나무라는 것이다. 상대가 누군지도 모르고 다짜고짜 포위진에 칼부터 겨누었으니 일이 이 지경이 된 것이 아니냐고 힐문하는 셈이고.

유달은 얼굴을 붉혔지만 어차피 그건 피차일반 아니냐고 그들에게 따지고 들지는 않았다.

"말씀드린 대로 소생은 유달이라 하오만……."

유달은 다시 한 번 포권을 취하며 상대의 별호와 이름을 물었다.

"산사에 처박혀 있던 말코쟁이가 무슨 이름이 있겠소!"

정면의 도사는 통명스럽게 한마디 내뱉으며 몸을 돌리려 했다.

"아서라, 적아. 그것은 예의가 아니니……."

뒤쪽에서 다섯 명의 도사가 모습을 드러냈다.

모두 열이다.

그중에서 선두에 나섰던 사람이 다섯이고. 결국 수라방 청사군의 육십 명 무인은 다섯 명의 젊은 도사를 어쩌지 못하고 밀렸던 셈이다.

"젊은이가 명성이 자자한 아수라이신가? 명불허전이라더니, 나서고 물러남이 뛰어난 것을 보니 아수라가 맞는가 보군. 나는 청성의 모강이라 하네."

유달은 깜짝 놀랐다.

기어검 모강! 산중의 청성파. 때문에 청성파의 고수들 중에는 강호에 이름을 날리고 있는 사람이 많지가 않다. 그렇다고 해서 청성파에 고수가 없다는 뜻은 아니다. 수도를 목적으로 하는 도인들이니 강호로 출도할 기회가 적었을 뿐이지 그들의 실력이 강호인들보다 떨어지는 것은 결코 아니다.

게다가 사 년 전에 끝이 난 백련교도의 난 때 출도한 몇 사람만으로도 청성은 강호 명문대파의 이름을 알리기에 충분했고, 그 몇 사람 중에 하나가 바로 기어검 모강이다.

기어검, 능히 어검술을 다룰 사람이라는 별호. 어검술이 어디 보통 무공인가? 평생을 강호물을 먹어도 한 번 볼까 말까한 무공이 바로 어검술, 어도술이다. 그런데 그런 어검술을 능히 다룰 실력을 가진 사람이라 칭송을 받는 모강이니 그의 실력은 굳이 확인하지 않아도 알 수 있으리라.

유달은 물러서기를 잘했다고 생각했다.

행여 모강이 직접 나섰더라면 청사군 육십이 모두 달려들어도 겨우 당할 수 있을까 모를 일이다. 거기에 나머지 도사들마저도 만만치 않은 자들이니……. 청성파는 수는 적어도 실력은 청사군의 두 배에 달하는 집합이다.

"이쪽은 청성의 이대제자로 고적이라 하지."

정면의 도사가 마지못한 듯 포권을 취해서 유달에게 인사를 한다.

그 인사를 받는 유달은 입이 썼다.

그보다 나이도 어려 보이는데, 유달은 그 자신 화산에서 수학을 하고 내려와 사 년 전부터 이름을 날리고 있는데, 청성파 이대제자라는 이 사람과 칼을 겨룬다면 자신의 승리를 장담할 수가 없었다.

'그래도 최소한 평수는 이루겠지.'

그런 생각을 하며 유달은 고적의 인사를 받았다.

"손님이 또 있군."

모강의 말에 유달은 시선을 돌렸다.

이십여 명의 여검수가 보였다. 봉문이다.

第四十二章

보고 싶었어요

狼王 왕

　하루를 시작할 때만 해도 차가람은 즐거운 마음으로 걸음을 옮겼다.

　세상사와 인연을 끊은 차가람이니 지금은 한껏 여유로움을 즐겼다. 굳이 신경 써야 할 사람도 없고 서둘러야 할 일도 없다. 그러니 심적으로나 육체적으로 느긋한 게 당연했다. 마음에 걸리는 것이 없으니 걸음도 느려졌다.

　이참에 차가람은 아미산을 유람할 생각을 가졌다. 불교 삼대명산 중의 하나가 아닌가! 신농계가 중경 남쪽에 있었다지만, 아미산의 풍경을 제대로 감상한 적이 없었기에 그럴 마음은 더욱 간절했다.

하지만 시작할 때의 마음은 조금씩 변질되어 갔다.

사천에 관광을 오는 사람이라면 반드시 들르는 곳이 몇 있다. 황룡에, 구채구에, 청성산에……. 마지막으로 아미산과 낙산대불이 그것이다.

마찬가지로 아미산으로 유람을 온다면 사람들이 꼭 들러야 하는 곳들도 정해져 있는 법이다.

관광을 서쪽에서 시작한다면 먼저 홍주산에서 온천욕을 즐기고, 화장사, 보국사, 만년사를 거쳐 대족석각(大足石刻)과 원왕동을 지난 다음 금정으로 올라가 성적사와 복호사를 보고 동쪽으로 내려와 낙산에 대불을 보고 장강으로 내려오는 것이 끝이다. 동쪽에서 시작하면 그 반대의 과정을 거친다.

그런 여정이 정해져 있으니 그곳을 가면 언제나 유람 나온 한량들과 부딪칠 수밖에 없다.

차가람 역시 마찬가지로 수많은 인파에 섞여서 산을 오르고, 계곡을 질렀다.

처음에는 사람 속에 묻히면 즐거울 줄 알았다.

한데 아니다.

시간이 갈수록 등 뒤로 짊어진 궤는 무겁게 느껴졌고, 궤의 무게가 실감날수록 그녀의 걸음은 시간이 갈수록 느려졌다. 나중에는 터벅터벅 관성에 의해 발을 옮길 뿐, 걷는 게 걷는 게 아니게 되었다. 사방에 펼쳐져 있는 풍경도 더 이상 눈에 들어오지 않았다.

사람들 때문이다.

아미산의 절경을 구경하겠다고 마음을 먹었으니 유람 나온 사람들 사이에 끼게 마련인데, 그러니까 일행 없이 혼자 돌아다니는 사람은 자기밖에 없었다.

남들은 다 가족과 함께, 또는 쌍쌍이 돌아다니는데 그녀만 혼자 다니고 있으니 외로움과 자괴감이 몰려왔다. 그러다 보니 자연히 차가람은 조금씩 발걸음을 뒤로했고, 몰려다니는 사람들로부터 멀어져 갔다.

드디어 차가람은 혼자가 되었다. 무리를 지어 이동하던 유람객들은 저만치 앞서 가고 있었고, 그녀는 맨 뒤로 처졌다. 몇 놈이 미모의 그녀를 보고 치근대는 일이 있기도 했지만, 그녀는 허리춤에 차고 있는 만월도를 툭툭 건드리는 것으로 쫓아낼 수 있었다.

그리고 그녀의 그런 행동이 더욱 그녀를 외톨이로 만들어 주었다. 그리고 그 결과가 바로 지금의 이 모습이다.

차가람은 머리를 흔들었다.

지금처럼 홀로 지내면 힘들어지는 것은 자기뿐이다. 버림받았다고 버림받은 티를 낼 필요가 있는 것은 아니다. 어려울수록 더욱 힘을 내야 어려움을 극복하는 법이고, 외로울수록 사람들과 어울려야만 외로움을 잊을 수 있는 법이다.

앞서 가던 사람들이 나누는 말소리가 차가람의 귀에도 들렸다.

아미산 입구에 해당되는 홍주산은 온천으로 유명하고, 또 그중에서도 온천장(溫泉場)인 홍교자(紅交子)가 회과육(回鍋肉)으로 유명하다며 다들 그리로 몰려가고 있었다.

회과육이란 요리로 유명한 사천에서도 별미로 취급하는 음식으로, 돼지고기를 껍질째 삶은 것을 다시 기름에 튀겨 내놓은 요리다. 겉은 바삭하고, 속은 부드러우며 한입 베어 물면 육즙이 넘치는 것이 소동파(蘇東坡)가 좋아했다는 동파육(東坡肉)에 비견될 만하다.

차가람은 외로움을 떨쳐 버리기 위해서라도, 그리고 추해 보이지 않기 위해서라도 일부러 맛집을 찾아가야겠다고 생각했다.

제발 그곳에는 어제처럼 시비 거는 놈들이 없기만을 차가람은 빌고 또 빌면서 여관, 홍교자의 문을 밀치고 안으로 들어갔다.

차가람이 들어서자, 점소이가 수건으로 소매를 털면서 그녀를 맞이했다. 점소이에게 차가람은 조용한 방을 청하기는 했지만 방이 있을 리 없다고 생각했다. 홍교자 안에는 벌써 사람이 발을 디딜 공간이 없을 만큼 행랑객들로 가득 차 있었기 때문이다.

왁자지껄 떠드는 소리에 주방에서는 연신 회과육을 담은 접시들이 쏟아져 나오고 있었다. 객잔 안에는 구수한 고기 굽는 냄새와 회과육 찌는 냄새에 손님들이 흥겹게 떠드는 소리가 뒤섞여서 즐거운 분위기를 연출하고 있었다.

하지만 차가람은 그곳에 끼고 싶지 않았다.

한적한 여행, 조용한 사색의 공간을 찾으러 떠난 여행이다. 불교 명산으로 이름 높은 아미산이니 깨우침은 얻지는 못할 망정 번뇌만 안고 돌아가고 싶지는 않았다.

"혼자 오셨습니까?"

점소이의 말에 차가람은 조용히 고개를 끄덕였다.

"간혹 혼자 오시는 손님이 계십니다. 그래서 저희 홍교자에서는 특별히 그런 손님들을 위한 별채를 마련해 놓고 있습지요. 그럼 별채로 드시겠습니까?"

차가람으로서는 마다할 이유가 없었다. 오히려 환영하는 바다.

입구에 있던 점소이가 곧바로 다른 점소이에게 차가람을 인계했다. 객잔이 어느 정도 규모가 있는 곳이다 보니, 직원도 한둘이 아니다.

차가람은 점소이를 따라 안으로 향했다. 그러기 위해서 중앙복도를 가로질러 이리저리 꺾인 골목을 지나야 했고, 그러자니 때마침 커다란 접시를 들고 나오는 중늙은이와 부딪칠 뻔했다.

차가람은 부드럽게 미소를 지으면서 가볍게 고개를 끄덕였다. 이렇게 번잡한 객잔에서는 이런 일은 다반사로 일어나는 일일 테니까. 굳이 얼굴을 붉히고 소란을 피워서 사람들의 이목을 끌고 싶지도 않았고. 그래서 차가람은 대수롭지 않게 여기면서 그곳을 지나쳤다. 어느새 차가람은 인파 속으로 파묻혔다.

"영감, 정신은 어따 두고……. 일은 안 하고 지금 뭐 하는 거야?"

주방에서 뛰어나온 숙수가 복도 한가운데에 멍하니 서 있는 점소이 차림의 중늙은이에게 소리를 질러댔다. 숙수는 숙수인데 남자가 아니라 여자다. 그것도 아주 뚱뚱한 여자. 아무래도 이 여관의 안주인인 것이 틀림없다. 안주인이 소리치고 있는 중늙은이는 바로 좀 전에 차가람과 부딪쳤던 중늙은이. 두 사람 다 비슷한 연배로 보이는데, 중늙은이는 비쩍 꼴아서 금방이라도 관에 들어갈 것같이 생긴 반면에 안주인은 둥글둥글하니 마치 공처럼 생겼다. 신장도 중늙은이보다 안주인이 더 컸고. 눈대중으로 대충 봐도 안주인의 허벅지가 중늙은이의 허리만 할 것 같다.

"아, 아니… 나는 그냥……."

"그냥 또 뭐? 어디 길에 금덩이라도 떨어져 있어? 왜 넋을 빼놓고 그래? 손님들 몰려드는 거 안 보여?"

안주인은 커다랗고 네모반듯하게 생긴 식칼을 위협적으로 흔들면서 언성을 높였다.

"그러게, 여편네. 분명히 손님들이 들어왔는데, 문득 옛 생각을 나게 하는 그런 게 있어서……."

"옛 생각이라니! 옛 생각이라니! 옛날 일이라고 해서 좋았
던 적 있었어?"

"아, 아니~! 좋았던 적이 있구 없구 그 문제가 아니라, 바
람결에 익숙한 향기가 났다니까!"

그제야 안주인의 언성이 좀 낮아졌다.

"익숙한 향기? 익숙한 향기, 뭐?"

"그 뭐랄까, 여편네도 잘 알잖아. 향긋하면서도 달콤하고,
그 달다알니 미끈거리면서도 끈쩍하고 뭐 그런……."

안주인은 당장에 중늙은이가 하는 말이 무슨 뜻인지 알아
차렸다.

"으이구, 내 팔자야. 어디서 서방이라고는 저런 덜떨어진
놈을 만나가지고! 이놈의 영감, 조금만 틈을 주면 어디 가서
계집 후릴 생각이나 하고 앉아 있고. 뭐 하고 있어, 어서 빨리
손님들 맞지 않고!"

"아, 알았어어~!"

안주인이 다시 식칼을 휘두르자, 중늙은이는 기어가는 목
소리로 답하며 몸을 재게 놀리기 시작했다.

하지만 안주인이 다시 주방으로 들어가자 막 속도를 높이
던 중늙은이의 동작은 멈춰 섰다.

"이상해~! 이건 분명히 익숙한 향기인데……."

중늙은이는 안으로 들어간 손님들을 훑어보며 혹시 낯익

은 얼굴이 있지 않을까 사람들을 뒤졌다.

*　　　*　　　*

"배고파."

혜민이 낮은 목소리로 중얼거렸다.

물론 혼잣말이다.

하지만 마차를 끌고 있는 해석이나 곁에서 말을 타고 쫓아오고 있는 설아나 혜민의 넋두리를 모두 들을 수 있었다. 어쩌면 들으라고 하는 말인지도 모르고.

해석이 목소리에 힘을 주었다.

"조금만 더 가면 아미산의 입구라고 할 수 있는 홍주산입니다. 거기가 온천이랑 약탕으로 유명한데, 특히 회과육으로 유명한 집이 있습니다."

제대로 씻지도 못하고 수레를 몰고 길을 재촉한 게 벌써 사흘째다. 먹는 것도 수레 위에서 해결했고, 급한 볼일이 있을 때만 잠깐 쉬었을 뿐이다. 간밤에도 노숙을 한 터라 이번에는 제대로 된 지붕 밑에서 자고 싶었다.

"어디~?"

옆에서 말을 타고 가던 설아가 묻는다.

이내 그녀의 말귀를 알아듣기라도 하는 것처럼 독수리가 하늘로 날아올랐다.

저 높이 하늘로 올라서는 삐이이 하고 한차례 울음을 토한
다.

"쟤 너머에 있는 저 사람 많은 집? 여관 이름이……."

설아는 마치 제 눈으로 그것을 보고 있기라도 하는 것처럼
말했다.

"홍교자(紅交子)?"

설아의 말에 혜민이 눈을 빛냈다.

"홍교자! 맞아요, 홍교자. 나도 이름 들은 적 있어요."

해석이 설명을 붙였다.

"교자에 들어가는 고기가 특히 맛이 좋아서 홍교자라 하는
데, 원래 한족(漢族)이라면 다아 붉은색을 좋아하잖아요. 그
러니 좋아하는 교자 집이라는 뜻도 되지요. 하지만 그 집의
요리는 뭐니 뭐니 해도 회과육입니다. 교자도 잘하지만, 그
집 요리는 교자보다 회과육이지요. 여하튼 그 집이 홍주산에
서 제일 유명합니다."

설아는 주위를 둘러보는 것처럼 슬쩍 인상을 찡그리며 두
리번거렸다. 설아가 두리번거리는 것과 마찬가지로 하늘 위
의 독수리도 맴을 돌며 사방을 살폈다. 무언가를 찾기라도 하
는 것 같다.

"안 보이는데… 설마 벌써 그 홍교자 집에 들어간 것은 아
니겠지?"

설아는 혼잣말처럼 중얼거렸다.

"누구요?"

혜민이 걱정스런 표정을 지으며 물었다. 행여 설아가 그 집은 안 된다고 말할까 봐 근심인 듯하다.

"아니, 아무것도 아니야. 좋아요. 그 집으로 가지요. 오늘은 거기서 묵어요. 객잔이니까, 그리고 이단이 죽은 것도 아니니까 상관없을 거야."

설아의 목소리에도 오랜만에 힘이 들어갔다. 겉으로 표현을 안 했을 뿐, 그녀도 노숙은 싫은 것이다.

*   *   *

기어검 모강이 이끄는 청성파의 도사 열 명, 장홍란의 봉문 이십여 명, 유달까지 포함해서 청사군 육십일 명, 도합 구십여 명의 인원이 본의 아니게 한데 뒤섞여서 움직이기 시작했다.

목적지가 같기 때문이다. 봉문과 청사군이야 식마를 찾기 위해 아미산으로 향하고 있지만, 청성파의 도사들은 아미산 방향으로 달아난 도강자돈의 무리를 추적하는 중이다.

"도강자돈의 일당을 쫓는 중이시라고요?"

유달은 모강을 대할 때 마치 사숙을 모시는 것처럼 극진하게 대했다.

"수레를 구해서 아미산으로 달아났다 하더군."

모강은 별일 아니라는 것처럼 툭 내던지듯이 말했다.

"그래서 이것도 인연인가 봅니다. 출발지는 다른데 모두 한 방향으로 가게 되니 말입니다."

말하면서 유달은 장홍란을 향해 미소를 지어 보였다. 하지만 장홍란은 유달을 쳐다보지도 않고 있었다. 다시 얼굴을 돌려 모강을 향할 때까지 유달은 얼굴에서 미소를 잃지 않고 있었다. 덕분에 그것이 누구에게 보내는 미소인지는 알 수가 없게 되었다.

유달은 저만치 앞서 가고, 선규를 선두로 한 청사군은 조금 뒤로 처졌다. 아무리 둘러보아도 청사군의 선두는 유달이 아니라 선규였다. 마치 유달과 일정한 거리를 두고 싶어하는 것처럼 말이다. 그것은 꼭 청사군의 수장은 선규이고 유달은 청사군과는 상관없는 사람인 것처럼 보이게 만들었다.

아미산으로 가는 내내 육십 명의 청사군 중에서 아무도 입을 여는 사람이 없었다. 모두가 한마음이요, 한 사람인 것처럼 침묵 속에서 그들은 조용히 앞서 가는 유달과 일정한 거리를 유지한 채 그의 뒤를 따랐다.

청사군의 기묘한 분위기는 곧 봉문에게도 전해졌다.

벌써 반나절 이상을 함께 가고 있으니 모르려야 모를 수가 없었다.

"왜 저런대요?"

누군가 나지막한 목소리로 모용정에게 물었다.

"기분이 상한 거지."

모용정은 유달과 일정한 간격을 유지한 채로 길을 가고 있는 청사군을 힐끔거렸다.

봉문 여검수들의 이목이 일제히 모용정의 입으로 모였다.

"봐라, 유달 저 사람의 모습을."

유달은 왼쪽에는 취왕 장홍란을, 오른쪽에는 기어검 모강을 두고 두 사람 사이에서 길을 가는데, 양쪽 사람들에게 말을 거느라 정신이 없었다.

모르는 사람이 보았다면 장홍란과 모강이 유달을 호위하는 것처럼 보일지도 모른다.

하지만 여기 있는 사람들 중에 모강, 장홍란, 유달의 위치를 모르는 사람은 하나도 없었다. 덕분에 그것은 마치 유달이 모강과 장홍란 사이에서 줄타기를 하는 것처럼 보였다. 어찌 보면 두 사람에게 잘 보이기 위해 안달인 것 같기도 하고.

어쩌면 자신은 화산파의 제자이니 청성파 사람들과는 같은 정파의 사형제 간이라고 이야기하는지도 모른다. 전에 없이 살갑게 대하는 유달의 행동이 사람들 눈에는 그렇게만 보였다.

사람들은 이제 알 수 있었다.

청사군의 무사들이 모두 침묵으로 일관하고 있는 것을.

그들은 할 말이 많아도 보는 이목이 있어서 억지로 참고들 있었던 것이다.

선두에 있는 선규가 입을 다물고 있으니 나머지 사람들도 참을 수밖에 없으리라.

그들의 죄라면 명령에 따른 것밖에 없다. 그리고 그 명령을 내린 사람이 바로 유달이고.

지휘를 맡은 수장이 유달이다. 당연히 사단이 벌어졌을 때, 그 책임을 지고 일을 수습을 할 사람이 유달이다. 아무리 수하들에게 잘못이 있다 하더라도 그 수장인 사람은 남들 앞에 서는 수하를 책망하는 대신에 그들의 방패막이가 되어줘야 한다. 그것이 수장의 역할이고, 수하와 부대의 사기를 생각하는 지휘자의 자격이다. 하지만 유달은 그 책임을 수하들에게 돌렸다. 자신의 명령에 따랐을 뿐인 수하들에게 말이다. 뿐인가! 지금은 그들과 칼을 겨누었던 청성파의 장로에게 어떻게 하면 잘 보일까 아부를 떠는 것처럼 보인다.

봉문의 사람들 눈에 속으로 끓고 있는 청사군의 분노가 느껴지고 있었다.

"분위기 별로 안 좋은데요!"

조용히 청사군과 나란히 가고 있던 청성파 제자들 사이에서 말이 나왔다.

고창이다.

막내인 그가 주위를 힐끔거리며 사형들에게 눈짓을 준다.

그들 눈에도 침묵 속에 휩싸인 청사군의 묵직한 분위기가 전해지고 있었다.

"아무 말 마라. 나라도 기분 좋을 리 없을 것이다."

고적이 눈을 흘겼다.

고적의 한마디에 고창은 물론 다른 도사들도 모두 입을 다물었다.

무려 백 명에 가까운 사람들이 움직이고 있는데, 떠드는 사람은 오로지 유달밖에 없었다. 간혹 모강이 그의 말에 대꾸를 할 뿐, 나머지 모든 사람들은 침묵 수행이라도 하는 것처럼 조용히 길만 갔다.

"아미산 자락 중에 홍주산이라고 있습니다! 그곳이 특히 온천으로 유명한데, 그중에서도 홍교자라고 회과육 요리를 잘하는 집이 있습니다! 나오는 것이라고는 돼지고기 요리, 그중에서도 회과육 한 가지밖에 없는데, 그 회과육 맛이 그렇게 일품이라고 합니다! 예전에는 교자 요리도 했다고 하는데, 이제는 오로지 회과육만 합니다. 어떻습니까, 가신다면 제가 쏘겠습니다!"

모두 다 들으라는 식으로 유달이 큰 목소리로 하는 말이 더욱 메아리없는 고독한 외침처럼 느껴졌다.

*　　　*　　　*

홍교자에 도착한 해석은 난처한 표정을 지었다.

"사 년 전에 사부님 모시고 이곳에 왔을 때만 해도 이 정도는 아니었는데 말입니다."

설마 이 정도로 손님들이 많이 몰릴 줄은 미처 몰랐기 때문이다.

밖에 늘어선 마차에 말들에……. 이 정도로 손님들이 몰려 있으면 빈방이 있을 리 만무하다.

"그래도 이 집이 유명세를 타니까 주변에 다른 객잔들도 많습니다. 그쪽에는 어쩌면 빈방이 있을지도 모르겠습니다."

해석의 말에 혜민의 얼굴에 실망감이 어렸다.

맛있기로 소문난 집에 간다 하더니 막상 문 앞까지 와서는 결국은 다른 곳으로 간단다. 그러니 실망을 안 할 수가 없으리라.

설아가 마치 보이는 것처럼 주위를 두리번거렸다. 무엇을 찾는 듯하다. 이내 안심이 되는지 고개를 주억거린다.

"좋아요. 방은 없어도 먹을 수는 있겠지요. 그 집이 맛있다고 하니까 그 집에서 먹고 다른 집에서 자요."

하지만 그것으로 고민이 끝나는 것이 아니다.

"그럼 낭왕은 어떻게 하고요?"

"그냥 놔둬도 되요. 어차피 이단은 먹을 필요가 없으니까."

해석의 질문에 설아는 아무렇지도 않게 대답했다.

"그냥 저 상태로?"

이번에는 혜민이 설아에게 되묻는다. 설아의 말뜻을 이해할 수가 없기 때문이다.

관 속에는 이단이 누워 있다.

죽은 사람이라면 관을 사람들이 먹고 자는 객잔 안으로 갖고 들어갈 수 없지만 이단은 죽은 사람이 아니다.

그렇다고 관을 갖고 들어갈 수도 없다.

이단은 죽지는 않았지만 먹기는커녕 듣거나 말하지도 못하는 상태, 가사 상태니까 말이다.

"그럼?"

오히려 설아가 되묻는다.

"그러다가 누가 가져가기라도 하면 어떻게 해요?"

"가져가기는 누가 가져간다고……."

이 말은 해석이 하는 말이다.

시체가 누워 있을 관을 가져갈 사람이 있기는 누가 있단 말인가?

말을 하던 해석은 말끝을 얼버무렸다.

"정말 그렇군요. 잃어버리면 끝장이지요."

혜민의 말에 설아의 얼굴 표정이 바뀌었기 때문이다. 혜민의 말을 심각하게 고민하는 투다. 설마 정말로 관을 가져갈 사람이 있기 때문에 걱정을 한단 말인가? 설아는 정말로 이단을 분실(?)할 것에 대해 염려하고 있었다.

"그럼 저 독수리 보고 지키고 있으라고 하면 어때요? 이름이 목아인 것으로 보아 저 독수리가 설아 낭자의 눈이 되어주고 있는 것 같은데……."

해석이 어림짐작으로 말했다.

설아는 해석의 말 역시 진지하게 받아들이고 있었다.

"그럼 목아가 실내의 모습을 보지 못하기 때문에 건물 안으로 들어가면 내가 장님이 돼요."

"우와~!"

역시 그랬다. 해석의 짐작이 맞았다.

독수리의 이름이 괜히 목아가 아니다. 목아는 지금 설아의 눈이 되어주고 있었다. 세상에 그런 술법도 있단 말인가? 해석은 눈을 동그랗게 떴다.

잠시 고민을 하던 해석은 진지한 표정으로 설아에게 물었다.

"그럼 목아만 설아 낭자의 눈이 되어줄 수 있단 말입니까?"

"아니요. 계약을 하면 되어줄 수 있어요."

혜민이 어이가 없다는 표정을 지었다.

"그럼 그쪽이랑 저 독수리랑도 계약을 했다고요?"

반 농담이다. 거짓말일랑 하지 말라는 뜻이기도 하고.

"맞아요."

하지만 대답하는 설아의 표정에서는 일체의 망설임마저

없었다. 이쯤 되니까 혜민도 설아의 말을 무시할 수가 없었다. 두 눈 꼭 감고 있는 설아이지만, 그녀의 행동은 어디에서도 맹인의 조심스런 동작 같은 것은 찾을 수가 없었다. 눈 한 번 뜨지 않고도 설아는 멀쩡한 사람처럼 길을 가고, 말을 몰고, 음식을 먹었다.

"세상에! 도대체 어떻게 그게 가능하지요?"

설아는 혜민의 말에 대꾸도 안 했다. 마치 이미 대답을 했는데 무엇을 더 말하라는 것이냐고 묻는 것 같았다.

"어쨌거나 그건 그렇고, 이제 어떻게 하면 좋을까요? 낭왕을 두고 갈 수도 없고, 그렇다고 관을 끌고 안으로 들어갈 수도 없으니까 말이지요. 에에, 그러니까 설라무네······."

해석은 고민을 하기 시작했다.

그런 해석을 두고 설아는 수레로 갔다. 가서는 수레의 짐칸에 관을 묶은 줄을 풀기 시작했다.

"설아 낭자, 설아 낭자, 뭐 하는 거요?"

"이야기했잖아요. 잃어버리면 끝장이라고."

설아의 한마디에 해석은 멍한 표정으로 그녀를 바라보았다. 진짜다. 관을 가지고 객잔으로 들어갈 셈이다.

설아는 한 번 말을 하면 그것을 행동으로 옮겨야 하는 것이다.

그러는 와중에도 설아는 관을 묶은 줄을 풀고 있었다.

"알았어요, 알았어. 갖고 들어가지요. 뭐, 죽은 사람이 누워 있는 것도 아닌데 왜 못 갖고 들어가겠어요."

해석도 설아를 도와 줄을 풀기 시작했다.

　　　　　*　　　　*　　　　*

"킁, 킁킁······."

점소이 차림의 중늙은이가 코를 벌름거리며 사람들 사이를 누비고 다니고 있었다.

웬 알지도 못하는 사람이 갑자기 등 뒤에 나타나서는 정수리에 코를 대고 냄새를 킁킁거리는데, 그것을 좋아할 사람은 아무도 없었다.

"악! 뭐야? 뭐야?"

"아악! 이 양반이 왜 이래?"

"저 늙은이가 나이를 처먹다가 미쳐서 실성을 했나!"

그것도 중늙은이는 오로지 여자 손님들의 냄새만 맡고 다녔다.

곳곳에서 중늙은이가 지나간 자리에서는 연신 비명이 터졌다. 소리치고 소란을 피우지 않으면 다행이다.

하지만 중늙은이는 멈출 생각은 없는지 남들이 뭐라 하든 말든 제 할 일만 하고 돌아다녔다.

안의 소란을 눈치챈 안주인이 식칼을 들고 다시 뛰쳐나왔다.

"이 양반아, 하라는 일은 안 하고 뭐 하는 짓이야?"

"아니야, 여편네야. 진짜야. 진짜라고. 진짜로 익숙한 냄새가 났어. 당신도 코가 있으면 맡아보라니까."

공처럼 뚱뚱한 안주인이 식칼로 찌를 듯이 중늙은이 면전에 대고 휘두르며 물었다.

"익숙한 냄새, 뭐? 벌써 정신이 어디 오락가락하는 거야? 젓가락 들 힘만 있으면 문지방을 넘는다더니, 대가리 털이 허예지도록 정신을 못 차려서 계집년 냄새나 맡고 다녀!"

"아니, 이 여편네야! 내가 언제 이런 적 있어?"

"그럼? 그럼 지금 하는 게 무슨 짓거리야? 그런 생각 안 하게 생겼어? 젊었을 적에 하고 다닌 짓을 내가 다아아 아는데 나보고 그 말을 믿으라고?"

"내가 어떻게 된 게 아니고, 정말로 냄새가 났다니까! 내 코 못 믿어?"

"무슨 냄새? 무슨 냄새!"

"향냄새!"

정색을 하고 말하는 중늙은이의 말에 순간적으로 안주인의 분노가 조금은 가라앉았다.

"향?"

"그래애. 우리가 잘 아는 그 향냄새!"

뚱한 표정으로 안주인은 객잔 안을 둘러보았다.

두 사람이 벌인 한차례의 실랑이 덕분에 객잔 안은 많이 조용해져 있었다.

"아이구, 손님들. 별거 아니랍니다. 우리가 아는 사람이 왔나 봐요. 아니면 옛 기억이 나는 일이 있거나. 신경들 쓰지 마시시고 맛있게들 드시세요. 별일 아니니까."

안주인이 손에 들고 있던 칼을 등 뒤로 감추며 손으로 입을 가리고 웃어 보였다. 얼굴은 웃고 있는데 벌써부터 목소리는 떨리고 있었다.

안주인은 시선은 손님들에게 고정시킨 채 웃는 낯을 바꾸지도 않고 나지막한 목소리로 중늙은이에게 물었다.

"정말이야?"

그제야 사람들은 제 모습을 찾으며 좀 전의 활기를 회복했다.

덕분에 안주인이 날카로운 매의 눈을 하고 객잔 안에 있는 손님들을 훑는 것을 눈치챈 사람은 아무도 없었다.

"아, 그러엄! 여편네, 내 코가 어디 보통 코던가? 익은 계집, 덜 익은 계집, 못 먹는 계집을 구분하는 데에는 내 코만 한 것이 있을라구!"

"그 이야기가!"

소리치던 안주인은 다시 낯빛을 바꾸고 웃는 표정을 지었다. 물론 손님들에게 짓는 미소다.

"그 이야기가 아니잖아!"

"여편네야, 벌써 삼십 년을 수련해서 아는 냄새야. 내가 그것도 구분 못할까!"

손님들에게는 웃는 낯을 하고 안주인은 중늙은이에게 물었다. 다른 사람들은 절대로 들을 수 없는 나지막한 목소리다.

"그래서? 찾았어?"

"아니. 없어."

다시 안주인의 얼굴이 일그러졌다.

"뭐야? 그럼 잘못 맡은 거 아냐?"

"아, 이 여편네! 진짜라니까~!"

안주인은 심각한 표정으로 얼굴을 구겼다.

"하긴… 당신이 머리는 나빠도 거짓말을 할 사람은 아니지. 그리고 그런 본능적인 감각은 나보다 나으니까."

때마침 뒷문으로 나갔던 점소이가 안으로 들어왔다.

안주인의 얼굴이 다시 일그러졌다.

"가뜩이나 바쁜데 넌 또 어디를 갔다 와!"

점소이는 굳은 얼굴로 툴툴거렸다.

"갔다 오기는 어딜 갔다 옵니까! 고기 들어와서 재놓고 오는 길인데……."

그제야 안주인의 얼굴이 누그러졌다.

"고기 들어왔어? 가만, 소야, 돼지야?"

"돼지요."

"어떤 돼지?"

질문에 점소이는 그의 머릿속으로 들어온 '돼지'를 상상하기 시작했다.

"아주 하얀 게 들어갈 데는 쏙 들어가고 나올 데는 툭 튀어 나와 가지고는. 꼬치 달린 남자라면 보기만 해도 한 번은 품 어보고 싶어지는 그런……."

점소이는 고개를 흔들었다.

"특상품 돼지요."

순간 안주인과 중늙은이는 서로의 얼굴을 마주 보았다. 그 리고 동시에 둘이 외쳤다.

"찾았다!"

홍교자 여관의 문이 열리고 세 사람이 안으로 들어섰다. 그 세 사람이 들어서는 순간 왁자지껄하던 객잔은 서서히 침묵 속으로 빠져들었다.

세 사람 때문이 아니다.

그 세 사람이 끌고 오는 물건 때문이다.

관이다.

그것도 안에 사람이 들어 있는지 힘겹게 바닥을 질질 끌고 들어오고 있었다.

점소이가 당장에 그들 앞을 가로막았다.

"이봐요, 이봐. 시체를 안으로 끌고 들어오면 어떻게 합니 까?"

"아니, 미쳤어? 누가 시체를 안으로 갖고 들어와?"

해석이 화가 나서 소리쳤다.

점소이가 머뭇거렸다.

"그럼 그게 뭐요?"

"중요한 거니까 그렇지."

점소이가 눈을 흘겼다.

"아무래도 사람인데⋯⋯."

또 설아가 나섰다.

"점소이, 당신의 이름이 뭐죠?"

설아의 질문에 점소이는 아무렇지도 않게 대답했다.

"내 이름은 솔래인(率萊仁). 이봐요, 이봐. 내가 안내하기도
전에 안으로 들어가면 어떻게⋯⋯."

설아가 점소이의 소매를 잡았다.

얼결에 점소이는 설아를 바라보았다.

순간, 설아는 점소이를 향해 미소를 지어 보였다. 지금까지
본 적이 없는 환한 미소다. 그 미소를 바라보는 점소이의 얼
굴은 황홀경에 빠져들었다.

"솔래인. 이 관 속에 있는 것은 시체가 아니에요."

"맞습니다. 이 관 속에 있는 것은 시체가 아닙니다."

"솔래인. 이 안에는 아주 아주 귀중한 물건이 들어 있어
요."

"이 안에는 아주 아주 귀중한 물건이 들어 있습니다."

"솔래인. 당신은 좀 전에 관을 열고 안에 들어 있는 것을

확인했습니다."

"나는 좀 전에 관을 열고 안에 들어 있는 것을 확인했습니다."

"솔래인. 그러니까 객잔 안에 계신 손님께서는 신경 쓰지 말고 식사를 즐기시라고 말해주세요."

"그러니까, 객잔 안에 계신 손님 여러분, 신경 쓰지 마시고 식사를 즐겨주세요."

점소이는 소맷자락을 수건으로 털면서 손님들 사이를 누비기 시작했다.

해석이나 혜민이나 멍하니 설아를 바라보았다. 그 두 사람이 설아와 얼굴이 마주쳤을 때에는 설아는 여전히 조각같이 무표정해서 아무런 감정이 묻어나지 않는 그런 얼굴을 하고 있었다.

세 사람은 점소이를 따라 안으로 들어갔다. 질질 관을 끌고 가는 소리가 객잔 안에 퍼졌다.

*   *   *

백 명에 가까운 무인들이 홍주산 밑에 도착했다.

그곳에서 가장 유명한 여관인 홍교자에 가고 싶었지만 이미 그 객잔은 손님으로 만석이었다.

밖에서 손님이 왔다는 소리에 달려나온 점소이는 백 명에 가까운 무인들을 보고는 손사래를 쳤다.

점소이의 말이 아니라도 그들은 들어갈 수가 없다는 것을 알았다. 이렇게 장사 잘되는 집에 한꺼번에 백 명에 달하는 손님이 들어갈 자리가 있을 리 만무했다.

사람들을 이끌고, 특히 청성파 도인들 앞에서 어깨에 힘을 주고 이곳까지 안내한 아수라 유달의 얼굴이 일그러졌다.

"없으면 자리를 만들면 될 거 아니야!"

유달이 소리를 쳤다.

청성파의 노장로 모강이 오히려 난처해했다.

"소시주, 갈 곳이 어디 이곳뿐이겠소. 다른 곳으로 가십시다."

두 사람, 아니, 점소이까지 포함해서 세 사람이 그런 이야기를 나누는 동안 고창은 홍교자 객잔에 묶여 있는 말들 사이에서 수레를 발견했다. 그리고 고창은 그 사실을 바로 고적에게 이야기했고.

"말씀 중에 죄송합니다. 사숙조, 잠시……."

고적이 유달과 모강 사이에 끼어들었다.

모강은 고적이 가리키는 수레를 보았다. 그리고 그가 무슨 이야기를 하려는 것인지 알아차렸다.

"여보시게, 점소이. 혹시 손님 중에 이렇게 생긴……."

모강을 대신해서 고적이 점소이에게 해석과 혜민의 인상 착의에 대해 이야기를 했다.

점소이는 그들이 바로 관을 끌고 들어간 미녀의 일행이라는 것을 기억해 냈고, 청성파의 고적은 그들이 이곳에 왔다는 것을 알아냈다.

모강을 바라보는 고적의 고개가 위아래로 흔들렸다.

장홍란과 모용정은 고창이 무엇을 발견했는지 알아차렸다.

그것이 궁금했다.

사람들 눈에 띄지 않게 조심스럽게 그곳으로 다가갔다.

순간 장홍란은 의외의 물건을 발견했다. 두 필의 말이다. 정무련의 재산이라는 인두 자국이 말 엉덩이에 선명하다.

정무련을 나간 누가 타고 간 말이다. 그것도 한 마리가 아니라 두 마리.

장홍란은 말을 타고 나간 사람들 중에서 정무련으로 돌아오지 않은 사람들을 기억해 냈다.

민산에서 돌아온 차가람은 걸어서 나갔고, 청룡당은 돌아왔다. 그녀가 정무련을 출발할 때까지 안 돌아온 사람은 두 사람뿐이다.

이단과 설아!

그가 여기 있었다.

*   *   *

"음~! 맛있는 냄새!"

차가람은 방으로 들어온 회과육의 향기를 손을 저으면서 맡았다.

정말로 군침이 돌게 만드는 그런 향이다.

방도 좁기는 하지만 간소하면서도 조용해서 좋았다.

방 안에 있는 것이라곤 호롱불과 뒤주 하나가 전부다.

손님이 묵고 가는 방인데 다른 뭐가 필요할까!

모든 것이 만족스러웠다.

게다가 맛있는 냄새를 풍기는 음식까지.

차가람은 만족스런 미소를 지으면서 젓가락으로 회과육을 헤집었다.

한 점이 그녀의 손바닥보다 넓었다.

한입에 다 들어갈 수 없으리라.

차가람은 고기 한 점을 한입 크게 베어 물었다.

달콤한 육즙이 스며들었다.

맛있다.

입안에서 우물거렸다.

순간 차가람은 이 맛이 무슨 맛이라는 것을 기억해 냈다.

의술로 유명한 신농계에서 수련을 한 사람으로 이 맛을 모를 리가 없다.

차가람은 입에 물었던 것을 내뱉었다.

"우웩!"

당장에 헛구역질이 올라왔다.

조심스럽게 회과육을 헤집었다.

그리고 조용히 집어 들었다.

손이 떨렸다.

조리되었고, 익은 고기지만 차가람은 알 수 있었다.

그것은 인육이었다.

『낭왕』 4권 끝

성천 聖天

조종호
新무협 판타지 소설

聖天

'강호가 위기에 처하면 요성향(要聖香)을 피워라.
반드시 도와주겠다.'

천외천이라 일컬어지는 성천(聖天)과 무림과의 오랜 약조.
그리고 사십 년 만에 다시 타오른 요성향.
이에 성천의 후예인 위지극의 강호행이 시작되는데, 정작 그는 성천이
무엇인지도 몰랐으니……

무혼삼결은 극에 달한 심법이자 천자를 아우르는 무공,
이를 익히는 자 능히 천하를 호령하리라.
나의 이름은 무혼.
이전의 이름은 잊었고, 앞으로의 이름은 모른다.
하나 나의 모든 것이 무혼삼결에 담겨 있으니,
내가 사라져도 무혼은 남을 것이다.

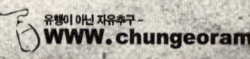

유행이 아닌 자유추구-
WWW. chungeoram.com
Book Publishing CHUNGEORAM

은하의 계곡

무천향

武天鄉

허담 新무협 판타지 소설

뿌리를 찾아가는 목동 파소의 여행.
그 여정의 끝에서
검 든 자들의 고향 대무천향 (大武天鄉)을 만난다.

검객 단보, 그는 노래했다.

…모든 검 든 자들의 고향 무천향.
한 초식의 검에 잠든 용이 깨어나고, 또 한 초식의 검에 잠든 바다가 일어나네.
검의 흐름을 따라가다 보면 어느새, 세월도 잊어버리고, 사랑도 잊어버리고,
무공도 잊어버려…….
결국에는 자신조차 잊어버리는…….

은하의 가장 밝은 빛이 되어버린다는
그 무성(武星)들의 대지(大地).

아, 대무천향(大武天鄉)이여!

유행이 아닌 자유추구 ―
WWW. chungeoram.com
Book Publishing CHUNGEORAM

유행이 아닌 자유추구 -
WWW.chungeoram.com

Book Publishing CHUNGEORAM

별도 新무협 판타지 소설

살내음 나는 이야기에 여러분은 가슴 졸인 적이 있는가?
남들이 볼까 두려워하며 책을 가리면서 읽었던 구절을 몇 번이나 반복하며
읽은 적이 없는가?

구무협의 향수를 그리워하던 별도가 결국은
〈무협의 르네상스〉를 부르짖으며 직접 자판 앞에 앉았다.

"제가 무협을 쓰기 시작한 이유는 더 이상 읽을 책이 없었기 때문입니다."

모든 일은 4년 전부터 시작되었다.
살인사건을 배경으로 펼쳐지는 음모와 배신, 사랑과 역공작,
그리고 정사!

우리 시대의 이야기꾼, 별도의 새로운 글, 〈낭왕狼王〉!
〈천하무식 유아독존〉, 〈그림자무사〉, 〈검은여우墨く狐狸〉에
이은 그의 또 하나의 역작!

화공도담

畵工道談

촌부 新무협 판타지 소설

예(禮)와 법(法)을 익힘에 있어
느리디 느린 둔재(鈍才).
법식(法式)에 얽매이기보다 마음을 다하며,
술(術)을 익히는 데는 느리지만
누구보다 빨리 도(道)에 이를 기재(奇才).

큰 지혜는 도리어 어리석게 보이는 법[大智若愚]!

화폭(畵幅)에 천지간(天地間)의 흐름을 담고
일획(一劃)에 그리움을 다하여라!

형식과 필법을 익히는 데는 둔하나
참다운 아름다움을 그릴 수 있게 된
화공(畵工) 진자명(陳自明)의 강호유람기!

유행이 아닌 자유추구 -
WWW.chungeoram.com
Book Publishing CHUNGEORAM

狂龍記
광룡기

장담 新무협 장편 소설

미친 바람이 동해에서 불기 시작했다!
둥지를 떠난 광룡(狂龍)이 강호에 나타났다!

내가, 가고 싶은 때로 간다.
내가, 하고 싶은 때로 한다.
누구도 내 앞을 막지 마라!

한겨울, 마침내 광룡의 전설이 시작되고,
천하가 광룡과 빙심에 뒤집어졌다!

유행이 아닌 자유추구 -
WWW.chungeoram.com

Book Publishing CHUNGEORAM